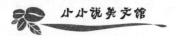

市井人物

出门是江湖

主编◎马国兴 吕双喜

郑州大学出版社

图书在版编目(CIP)数据

市井人物:出门是江湖/马国兴,吕双喜主编. —郑州:
郑州大学出版社,2014.2(2023.3重印)
　(小小说美文馆)
　ISBN 978-7-5645-1677-2

　Ⅰ.①市…　Ⅱ.①马…②吕…　Ⅲ.①小小说-小说
集-中国-当代　Ⅳ.①I247.8

中国版本图书馆 CIP 数据核字(2013)第 310897 号

郑州大学出版社出版发行
郑州市大学路 40 号　　　　　　　邮政编码:450052
出版人:孙保营　　　　　　　　　发行部电话:0371-66658405
全国新华书店经销
三河市鑫鑫科达彩色印刷包装有限公司印制
开本:710 mm×1 010 mm　1/16
印张:13
字数:185 千字
版次:2014 年 2 月第 1 版　　　　　印次:2023 年 3 月第 3 次印刷

书号:ISBN 978-7-5645-1677-2　　　定价:42.00 元

"小小说美文馆"丛书

总策划、总主审

杨晓敏　骆玉安

编委名单

主　编　马国兴　吕双喜

编　委　（以姓氏笔画排序）

王彦艳　连俊超　李恩杰

李建新　牛桂玲　秦德龙

梁小萍　郑兢业　步文芳

费冬林　郜　毅

序

杨晓敏

书来到我们手上，就好像我们去了远方。

阅读的神妙之处，在于我们能够经由文字，在现实生活之外，构筑属于自己的精神生活。透过每篇文章，读者看到的不仅是故事与人物，也能读出作者的阅历，触摸一个人的心灵世界。就像恋爱，选择一本书也需要缘分，心性相投至关重要，阅读的过程中，你会发现他与自己的不同，而你非常喜欢，也会发现他与自己的相同，以致十分感动。阅读让我们超越了世俗意义上的羁绊，人生也渐渐丰厚起来。

在这个信息碎片化的网络时代，面对浩若烟海的读物，读者难免无所适从，而阅读选本无疑是一个不错的选择。从《诗经》到《唐诗三百首》再到《唐诗别裁》，从《昭明文选》到"三言二拍"再到《古文观止》，历代学者一直注重编辑诗文选本，千淘万漉，吹沙见金。鲁迅先生说过："凡选本，往往能比所选各家的全集更流行，更有作用。册数不多，而包罗诸作。"为承续前人的优秀传统，我们编选了"小小说美文馆"丛书。

当代中国，在生活节奏加快与高科技发展的影响下，传统的阅读与写作方式发生了深刻的变化，小小说应运而生，成为当下生活中的时尚性文体。小小说注重思想内涵的深刻和艺术品质的锻造，小中见大、纸短情长，在写作和阅读上从者甚众，无不加速文学（文化）的中产阶级的形成，不断被更大层面的受众吸纳和消化，春雨润物般地为社会进步提供着最活跃的大众智力资本的支持。由此可见，小小说的文化意义大于它的文学意义，教育意义大于它的文化意义，社会意义又大于它的教育意义。

因为小小说文体的简约通脱、雅俗共赏的特征，就决定了它是属于大众文化的范畴。我曾提出，小小说是平民艺术，那是指小小说是大多数人都能阅读（单纯通脱）、大多数人都能参与创作（贴近生活）、大多数人都能从中直接受益(微言大义)的艺术形式。小小说作为一种文体创新,自有其相对规范的字数限定(一千五百字左右)、审美态势(质量精度)和结构特征(小说要素)等艺术规律上的界定。我提出的小小说是平民艺术,除了上述的三种功效和三个基本标准外,着重强调两层意思:一是指小小说应该是一种有较高品位的大众文化,能不断提升读者的审美情趣和认知能力;二是指它在文学造诣上有不可或缺的质量要求。

小小说贴近生活,具有易写易发的优势。因此,大量作品散见于全国数千种报刊中,作者也多来自民间,社会底层的生活使他们的创作左右逢源。一种文体的兴盛繁荣,需要有一批批脍炙人口的经典性作品奠基支撑,需要有一茬茬代表性的作家脱颖而出。所以,仅靠文学期刊,是无法垒砌高标准的巍巍文学大厦的。我们编选“小小说美文馆”丛书,是对人才资源和作品资源进行深加工,是新兴的小小说文体的集大成,意在进一步促进小小说文体自觉走向成熟,集中奉献出思想内容与艺术形式兼优的精品佳构,继而走进书店、走进主流读者的书柜并历久弥新,积淀成独特的文化景观,为小小说的阅读、研究和珍藏,起到推动促进的作用。

编选“小小说美文馆”丛书,我们选择作品的标准是思想内涵、艺术品位和智慧含量的综合体现。所谓思想内涵,是指作者赋予作品的“立意”,它反映着作者提出(观察)问题的角度、深度和批判意识,深刻或者平庸,一眼可判高下。艺术品位,是指作品在塑造人物性格,设置故事情节,营造特定环境中,通过语言、文采、技巧的有效使用,所折射出来的创意、情怀和境界。而智慧含量,则属于精密判断后的“临门一脚”,是简洁明晰的“临床一刀”,解决问题的方法、手段和质量,见此一斑。

好书像一座灯塔,可以使我们在瞬息万变的社会不迷失自己的方向,并能在人生旅途中执着地守护心中的明灯。读书是一种积极的生活情趣,一个对未来的承诺。读书,可以使我们在人事已非的时候,自己的怀中还有一份让人感动的故事情节,静静地荡涤人世的风尘。当岁月像东去的逝水,不再有可供挥霍的青春,我们还有在书海中渐次沉淀和饱经洗练的智慧,当我们拈花微笑,于喧嚣红尘中自在地坐看云起的时候,不经意地挥一挥手,袖间,会有隐隐浮动的书香。

(杨晓敏,河南省作协副主席,郑州小小说文化传媒有限公司董事长、总编辑,《小小说选刊》《百花园》主编。)

目录

1

2

3

梨花白

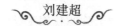

刘建超

梨花白在老街唱红时,年方十六。

梨花白六岁开始跟着师傅学艺,拜在梅派名师门下。在老街首次登台时,正值梨花满天,一院春色,师傅便给她起了个艺名梨花白。

梨花白登台唱的是梅派经典剧目《贵妃醉酒》。梨花白扮相俊秀,嗓音甜润,念白、唱腔、身段、水袖,一招一式、举手投足都深谙梅派风韵,把老街人听得如醉如痴。

梨花白走出戏楼已是午夜,一轮明月苍白地挂在丽京门的檐角,青石板路泛着幽幽的冷光。一辆车轻轻地来到她的面前,拉车的是一个和她年纪差不多的小伙子。

老街人歇息得早,天黑收摊,吃饭睡觉。半夜里是不会有啥生意的,尤其是拉车的。

"这么晚了,还没有收工?"

小伙子憨憨地笑笑:"我是在等你。天黑,路上怕不安全。"

梨花白好生感动,说了句:"去怡心胡同。"

车子在青石板路上轻快地颠簸起来。

老街的戏园子在城外两里地。从丽京门到戏园子,一色的青石板路。青石板路在戏班子唱戏时才热闹一下,沿街两边的摊贩忙碌着,多半是卖小

吃、水果的。在这里可以吃到纯正的不翻汤、浆面条、绿豆丸子汤。戏散人静,青石板路便又恢复了冷清。

车子在青石板路上微微颠簸,却很舒适。许是太累了,梨花白在轻微的颠簸中闭上眼睛睡了。拉车的小伙子放慢了脚步,双手攥紧车把,让车子走得更平稳些。怡心胡同到了,小伙子不忍心叫醒梨花白,车子拐过头又跑了回去。梨花白醒来,看见小伙子气喘吁吁,后背已经被汗水浸湿。

梨花白连忙表示歉意,小伙子乐呵呵地说:"没事,我爱听你唱戏。只要你有戏,多晚我都等你。我姓程,你叫我程子就中。"

程子真的每次都等着拉梨花白,并且说啥都不收钱。梨花白说急了,程子就呵呵笑,说:"那中,啥时候你给我唱出戏就中了,我爱听《贵妃醉酒》。"

一个雨夜,程子送梨花白回家,发现胡同口有几个鬼鬼祟祟的身影。程子也就没走,躲在一个屋檐下。

梨花白住的二层木楼上果然传出了动静。程子飞一般蹿过去,跑上二楼,推开了门。几个汉子满嘴酒气,梨花白单薄的身子缩在床角发抖。

几个痞子对程子来搅和他们的好事极其恼怒,三五下就把程子打翻在地。程子满脸是血,依然倔强地站起来。

痞子头儿说:"看来你真是想逞能了,那我成全你。今天我要不了女的就要你。你是干啥的?"

"拉车的。"

"靠腿脚吃饭啊。那好吧,今天我废了你的腿,就放过这个小妞。"

"咋都中,你们别欺负女娃,不然,就是打死我,我也拽个垫背的。"

痞子掏出了刮刀,程子的一双脚筋被他们生生挑断。

虽然那几个痞子后来被法办了,但是,程子只能坐轮椅了。

程子学了剪裁手艺,在丽京门下开了"贵妃醉裁缝店"。每天接送梨花白的是她师兄洛半城。老街人都说梨花白和她师兄是天造地设的一对,可就是等不到他们结合的消息。

动乱的年月,剧团由造反派接管,梨花白被当成资产阶级的黑苗子遭受批斗，发配到街道去扫大街。

程子转着轮椅，找到"靠边站"的洛半城，说："我听着剧团里演李铁梅的那主嗓子不中，不洪亮。英雄李铁梅声音不洪亮咋能鼓舞咱老街人。你和剧团头头说说，可以让梨花白伴唱，这也是接受改造、接受教育嘛。"

剧团头头觉得革命群众说得有理，就把梨花白抽回团里，在幕后为演李铁梅的演员伴唱。老街人知道后，都去听梨花白唱戏，听戏的人多了，剧团头头挺高兴。

中秋时节，梨花白发烧，嗓子不佳，她跟剧团头头请假。头头瞪着三角眼不允许——中秋节快到了，要过革命化的中秋节，死了都要唱。

结果梨花白在唱"打不尽豺狼决不下战场"时，倒了嗓子。剧团头头说梨花白故意破坏，还是想着那些才子佳人。在戏园子的土台子上，不但批斗打骂梨花白，还要她把"打不尽豺狼决不下战场"唱一百遍。

梨花白直唱得气若游丝，昏死过去。从医院出来，梨花白彻底失音，别说唱戏，说话都如蚊子嗡嗡。洛半城气愤难平，把剧团头头狠狠揍了一通，从此不再唱戏。

一个艺人，不能唱戏，活着还有什么意义？梨花白来到了洛河边。圆月朗朗，秋水依依。梨花白的脚刚刚踏进河水，却听到洛河桥上传来《贵妃醉酒》：海岛冰轮初转腾，见玉兔，玉兔又早东升。那冰轮离海岛，乾坤分外明……竟然是程子。梨花白哭倒在程子怀中。

动乱过后，梨花白又回到剧团，担任艺术指导。她退休后常常推着程子去广场听大家聚会唱戏，两人真的是发如梨花。

又是一个中秋夜。老街戏园子那座土台子上，梨花白和洛半城戏装重彩，冰冷的月光下，演着《贵妃醉酒》。

台下没有观众，静静的场子里，只有一部空空的轮椅。

影 子

刘建超

老街有"三老",老招牌、老古董、老学究。

老街的门店多,许多都是老招牌。看着不起眼的小店,门口的招牌上的字却是康熙乾隆所赐,在老街度过岁月的李白、杜甫、白居易、郑板桥之类的文人骚客,他们题写的招牌楹联,不经意间就会出现在犄角旮旯儿的小店中。来老街寻访瞻仰古人墨迹也是一大特色。老街的古物多,古董遍地都是。毕竟几个朝代曾经建都于此。老街里打一口井,就能挖透几个朝代。因此,老街是不允许建筑高楼的,居民和门店也多是两层木楼。老街流传着一个笑话:两个青年打架,一个用铁锨拍人,结果人没有拍到,却拍倒了一段土墙。这个小青年就被逮走了,因为被他拍倒的是隋朝古城墙,国家重点保护文物。老街以前的私塾多,教书先生多,有许多还给皇亲国戚做过先生。所以,老街有着尊师重教的传统。尤其是在文阁坊一带,当年是私塾聚集地,遍地走的都是摇头晃脑之乎者也的老夫子。

霍老、乔老、贾老都是老街文化的标志性人物。在老街,只要是沾点文化色彩的事情,三位老者是必被邀请的。三位老者都是鹤发童颜,神采奕奕,往那里一站,就觉得文风氤氲,儒气荡漾,周遭就显得有了品位,提了档次。

三位老者在老街是一种文化的象征,三人聚到一起时,抱拳作揖,称兄道弟,一派祥和。其实,背地里谁也不服气谁,用老街的话说,根本尿不到一个壶里。论年龄,三人同庚,出生月份不同;论资格,都是毕业于北京的名牌大学;论学识,也都出版过自己的著作。老街有事时,请一位还行,如果是三位都到场,如何排座次就是个费脑筋的问题了,常常是因为前后的次序不满意,有的老者就会拂袖而去,弄得主家不尴不尬。

天下事没有难得住老街人的。有人就刨根问底儿,看看是谁最先发表过文章。三老提供的资料竟然都是同一年。那就看看谁发表的报刊级别高,居然也都是当年的人民日报。那就再看谁发表的文章字数多,三人都含糊着说记不清了,反正是版面挺大的。就有好事的人,去了京城的图书馆,查到了三老当年发表的文章,还复印回来了。结果是霍老的文章八百一十五字,乔老的文章七百七十字,贾老的文章六百零二字,包括标点符号。霍、乔、贾的排序就被默认了。霍老自然就是德高望重的领头羊了。老街的一些有脸面的事务,霍老也就当仁不让地坐在主席台的中间了。

面子上的事情解决了,心理感觉还是不舒服的。在有的场合,有意无意地就会涌出点暗波。霍老若是发了言,乔老随后就会提点不同看法,与之商榷。乔老若是发言了,贾老也要从另一个角度看看问题,把乔老的意见给间接地损一番。大家都知道怎么回事,也都心照不宣,却能相安无事,得过且过。

贾老心里最不安分,三个人当中,只有他年龄最大,比霍老早来到世上二十五天,比乔老早活了四十五天。贾老也比那两位早毕业一年,在学校也是一支笔杆子,若不是当年自己把不住滑,犯了点小小的作风问题,早留在京城混出个模样了。在老街混到一把年纪了,还是个"小三",这让贾老很是不爽。排在老三,实际上就是个搭头,有你没你都一样。

老伴最能理解贾老的心境,安慰他说:"现在要看谁能熬过谁,坚持到最后的就是赢家。我看那老霍、老乔都不如你结实,好好锻炼吧,机会都是留给活得最长的人。"

贾老心中豁然开朗。觉得这文化水平不高,成天就会和邻居叨叨东家

长西家短的俗气老婆子还能有这么高远的见识,抱着老伴就亲了一口。"你个老不正经。"老伴嘟囔一句去厨房烧汤。

贾老制订了一整套的健身养生计划,把自己的精神状态和身体状态调整到最佳。出席一些场合,他就特别注意观察老霍、老乔的状态,听他俩念叨这个脂肪高那个血糖高的贾老就特别受鼓舞,自己啥都不高,就是心气高。

事情总是在发生着变化,先是霍老中风住院去世,乔老接替了一大堆的名誉头衔。后是乔老心梗,撒手人寰,贾老继承了一大堆名誉头衔。以后,只要有车接,有饭局还有点小意思,贾老都会现身于各种场合。

贾老可以名正言顺地坐在各类场合正中间了。贾老坐在中间的位置上,似乎只是坐着,因为场合上发言的不是长官就是老板经理董事长,轮到贾老说话时,就到了饥肠辘辘的开宴时分,个个都心不在焉,交头接耳,贾老也就没有了讲话的兴致。

有一次,贾老坐在场合的中间,百无聊赖,忽然觉得自己的灵魂离开了肉身,在场合上空游荡,看到自己的那副没有灵魂的空壳,就如同影子一样在耗费钟点。贾老恍然,其实在场合上,自己就是被用来做影子的。

贾老觉得影子很好玩。

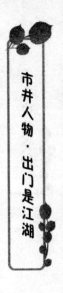
策 划

聂鑫森

星期一的上午,老策打了个电话给"马到成功"文化策划公司,说是家里有客人来,他就不来上班了。作为总经理,他完全可以安排自己,部下该干啥还干啥。

初夏的早晨,阳光亮晃晃的,但并不灼热逼人。窗帘早拉开了,卫生也让钟点工打扫过了。老策把茶具洗涤一净,又认真地把客厅、书房、卧室检查了一遍,剩下的事就是等待客人上门了。

客人也是客户,是本市振兴京剧团的团长寿祺和花旦柴焰红。

客厅里,一色的明式红木家具,长条茶几、圈椅、八仙桌、博物架;墙上挂着当代名画家的水墨花鸟国画,梅、兰、竹、菊,清雅可人;墙角的方案上,摆着老式的留声机和一叠胶木唱片。

他坐下来,啜着一把小巧紫砂壶里的茶。这几天还真累,但值得,到处都听见夸奖他老策的话语哩。作为一家办了十年的文化策划公司,确实让不少单位不少人"马到成功",他真是名副其实的"老策"。

老策并不老,也就四十岁出头,而且至今守身如玉,是个快乐的"钻石王老五"。他当然姓策,叫策天,但这个姓在《百家姓》里却找不到;干的又是策划的行当,资格也老,所以人呼其为"老策"自在情理之中。湖南方言中的"策",还有能说会道、喜开玩笑逗乐子的意思。策天当之无愧,不但表现在

言语上,在业务的策划和实践中,也常出人意料,总带有一些游戏的意味,却往往能收到极好的效果。

老策真是名不虚传。

有文凭,有房,有车,有名分,却没有老婆。不是找不到,是不想找。他说:"大学毕业,失去的是自由,获得的是工作;结婚呢,失去的是快乐,获得的是奴役!"他的业余生活,无非两大爱好,一是读书,二是听京戏。他自称是书友,却不敢自称是"票友",虽说他懂京戏,却不能哼不能唱。

他不知道寿祺和柴焰红为什么要登门来叩访他。

寿祺五十来岁,是他的老朋友了,既是团长又是"麒派"名老生,戏唱得好,人缘也不错,为了京剧的繁荣,舍得吃苦,也不怕受委屈。柴焰红是中央戏剧学院的本科毕业生,攻的是"梅派"花旦,应聘到这里来,也就半年的样子,扮相俏丽,唱、念、做、打都很见功夫。"梅派"名剧《贵妃醉酒》《天女散花》《玉堂春》《黛玉葬花》……老策都看过,确实光彩照人,但他与她并没打过多少交道。

半个月前,寿祺找到老策,请他策划怎么把柴焰红捧红,戏迷的眼睛里总得有个"焦点",一个"角"红了,京剧团也就红了。而且说怎么策划都行,只是剧团拿不出很多钱来。

老策说:"我也是个戏迷,责无旁贷。我决不收一分钱的策划费,但你们要听从我的安排!"

正好有一家"天天乐"文化体育用品商场,要择吉日举行开业典礼,也找了老策帮忙。老策眼睛一眨,脑袋飞快地转动开了,这不是"一石二鸟"的事吗?

先打广告、贴海报,遍告全城,剪彩人既不是领导,也不是商界巨头,而是振兴京剧团的年轻未婚的著名"梅派"花旦柴焰红,穿《贵妃醉酒》中杨贵妃的戏服,并化装闪亮登场。剪过彩,柴焰红还要现场"彩唱"一段。而且在这一天,凡购买了两百元以上的商品者,均可获赠一张当晚的京剧票,戏码中就有柴焰红所演的《贵妃醉酒》!

开业典礼是昨日上午十时举行的,商场里人山人海,热闹非凡。柴焰红身着华丽的戏服,头戴闪亮的水钻头面,又年轻又漂亮又富贵。掌声、欢呼声,此起彼伏。谁见过这种别具一格的开业典礼?

商场给老策付了一笔很可观的策划费……

十点半的时候,门铃响了。

老策忙去开门,来的果然是寿祺和柴焰红。

他把客人让到客厅里坐下,忙沏茶,摆上糕点和水果。

老策平素见过寿祺多次,但未登台"淡淡妆、平常样"的柴焰红,却是第一次见到,很青春,也很时尚:发是贴头皮的短,穿的是无袖衫,高跟皮凉鞋又高又精致。

"老策,一个人住这么大的房子,好气派!"柴焰红说。

"小柴,你就不能叫老策了,要叫小策。"寿祺说。

"叫老策好,比起柴老板来,我就是老字辈了。昨晚我去了剧院,满座还加站票,都说你们的戏精彩,柴老板一出九龙口就是'碰头好',难得,难得!"

寿祺笑得很开心。

"老策,你昨晚看了小柴的《贵妃醉酒》,感觉怎么样?"

"好极了。柴老板唱得好,做功也不错,特别是醉态演得有分寸,醉中透出的自怜自爱和悲凉的况味,很感动人。"

"策总,我就没有缺点了?"

"恕我眼拙,看不出来。只是……贵妃出场,就有两个抖袖,身子都要往下略蹲,态度凝重大方,柴老板能否把两次'抖袖'和'略蹲'弄得稍有变化?"

寿祺说:"有道理。"

柴焰红说:"这才是行家之语哩。"

快到中午了,寿祺和柴焰红欲起身告辞,老策拦住了,说:"二位赏个脸,就在这里吃个便饭。饭菜我已订好了,'洞庭春'饭馆马上会派人送过来。菜很清淡,保证不伤二位的嗓子:烧海参、肉片焖芸豆、虾片炒茄子、火腿冬瓜汤、素炒莴笋片,再加饮料黄瓜汁。"

寿祺说:"我倒是来过,也吃过。小柴你是过门客,就留下来吧,老策是

你的知音哩。"

柴焰红点了点头，然后说："寿团长，你说策总的书房里有很多书，我想看看，说不定还可以借几本回去读哩。"

"让老策引你上楼去吧。我想歇歇乏，喝喝茶。"

……………

柴焰红真的像一盆火焰，经过"马到成功"文化策划公司的添料吹风，红得耀眼了。

有事没事，柴焰红总会给老策打个电话问好，只要有演出，她准会请团里的人捎张票给老策。

老策收到票，不管怎么忙，一定会去看戏。票总是头排的，上台演出的柴焰红，只要瞟一眼，就可以看见他。老策在演出前，总会把两篮鲜花，分搁在戏台的两侧，表示祝贺。一篮的绶带上写着："祝振兴京剧团演出成功"；另一篮的绶带上则写着："祝名旦柴焰红为'梅派'增辉添彩"。但老策在演出前和散戏后，绝不到后台去，来了就来了，去了就去了。

有一个晚上，柴焰红正好没戏。她在黄昏时打电话给老策："策总，今晚我没戏哩。北京来了个芭蕾舞剧团，在百花剧院演出哩。我这儿有两张票，你陪我去看好吗？"

老策很客气地说："柴老板，真不巧，今晚要和客户签个合同，走不开啊。真的对不起。"柴焰红语调嗲起来了："小策，那么远的路，我怎么去？合同明天签不行吗？寿团长老在我面前夸你，好像……我是你的……什么人哩。"

老策还是很柔和地说："柴老板，商场如战场，没法子超脱，请你原谅我这个俗人。下次吧……下次吧。"

柴焰红把电话挂断了。

老策下班后，直接开车回到家里。一个人永远是快乐的！

他打开留声机，放上老唱片，是梅兰芳的《贵妃醉酒》：

"海岛冰轮初转腾，见玉兔，玉兔又早东升。那冰轮离海岛，乾坤分外明，皓月当空，恰便似嫦娥离月宫，奴似嫦娥离月宫……"

清水洗尘

聂鑫森

这是 1966 年深秋的一个夜晚,古城湘潭平政街"洗尘池"澡堂壁上的挂钟,洪亮地敲了九下。

按规定,澡堂营业到晚上八点就下班了,顾客早已走尽。工作人员也陆续回家了,只剩下浴池班班长于长生和小徒弟张庆在打扫卫生。几个大池子里的水都已放干,池底、池沿也都擦拭干净了。原本浴池的顶端有几个雅间,现在紧紧地关着,里面放着木浴盆、小床、茶几,浴盆上安着冷、热水龙头。舍得花钱的顾客可以自己调节水温,可以洗过澡后舒服地躺到小床上,可以请人推拿按摩,可以喝一壶泡好的茶。但这个项目在几天前已经取消了,上级说,只有剥削阶级才有这些臭讲究!

于长生望着那些雅间,惆怅地叹了口气。

"张庆,关门吧,我们爷儿俩也该歇口气、喝口茶了,今晚轮到我们值班哩。"

张庆说:"好咧——师傅。"

两个人刚走进店堂,忽见从外面急匆匆走进一个人来。四十岁出头,脸色黄瘦,额头上还有血迹,目光散乱,步履跟跟跄跄,身上的衣服很破旧,特别是膝盖那个地方磨损得很厉害。

张庆吆喝一声:"喂,下班了,明日再来!"

那人收住脚步,小声说:"我……好多日子没洗澡了,今夜好容易才抽出身来,是否可以……"

于长生几步走上前,把来人上下打量一番,然后说:"您啦,请!"

张庆觉得很意外,不是下班了吗?

于长生对着张庆一扬手,吼道:"关门!"

张庆忙答应:"是,师傅。"

"开雅间,把锅炉烧起来,让客人好好洗个澡!"

来人说:"师傅,我……没带这么多钱。"

于长生说:"放心,还是五角!请您先去雅间稍等一会儿,我去沏壶茶来。"

张庆关好门,又去打开一个雅间,再一溜烟去了锅炉房,不久便听见鼓风机呼呼吼叫的声音。

又过了一阵,于长生端着一壶热茶和一个有盖的茶杯,走进了雅间,并顺手带上了门。

来人慌忙站起来,说:"师傅,叫我如何感谢您!"

"坐!快坐!我认识您,您是成龙中学的校长齐子耘先生,我的二儿子就在贵校读高中。我曾经在家长大会上见过您。我叫于长生,活到五十岁倒真的糊涂了,有文化的人忽然都有罪了,怪事!"

齐子耘没有答话,眼睛里闪出了泪光。

"我二儿子昨天回家时,说是参加了什么批斗会,被我用木棍子狠揍了一顿,打得他鬼哭狼嚎,保证再不去胡来了。"

齐子耘小声说:"也不能怪他们,他们太年轻……"

聊了一阵,张庆在雅间外高喊一声:"火旺——水热咧——"

于长生忙站起来,走到浴盆前,先打开热水龙头放水,白色的雾气立刻升腾起来,而后,又稍稍打开冷水龙头。浴盆的水渐渐满了,他不停地用手去试水的温度。这时节洗澡,水要热,但不要烫。

于长生关了水龙头,说:"齐先生,您先泡澡。半个小时后,我来给您推拿按摩。"

"不,不。我不配,也别连累了您。"

"我不过是个工人,还能把我怎么样?"

于长生走出雅间,顺手把门带拢了。

"张庆,过半小时,给我到隔壁的饮食店去买一碗馄饨来!"

张庆吃惊地望了望师傅,然后说道:"好咧。"

于长生到池子边搬了条板凳来,静悄悄地坐在雅间的门边。

约摸半个小时,于长生听声音就知道齐子耘洗好了,便立即推门走了进去。灯光下,他看见穿上短裤的齐子耘的身上、手臂上,点缀着一些红红紫紫的伤痕,便慌忙走上前,说:"您请伏在床上。这个项目早就取消了,但我要为您显一显手段。"

齐子耘伏趴在床上,于长生弯腰立在旁边,双手握成空心拳,开始在他的脊背上,小心地绕开伤痕,紧敲轻捶。

"痛吗? 齐先生。"

"不……痛。"

拳头忽然停住了。于长生说:"齐先生,有句话不知当问不当问?"

"您问吧。"

"如果我猜得不错,您是从学校逃出来的?"

"是。"

"您受了许多罪,从您的目光里我看出您很绝望?"

"对。您说这日子怎么熬过去,罚跪、批斗、挨打、游街,没完没了的。"

"那么,我告诉您一句话,这个世界不可能总是这样,而且什么人都可以没有,独不能没有老师! 您要咬紧牙关挺住,为了许许多多的孩子,好好地活下去。'天地君亲师',这个道理是铁定的,假如连老师都不要了,这个世界也就完了! 让我冒昧地叫您一声兄弟,您说是不是?"

齐子耘的肩膀猛烈地抽搐起来,终于压抑不住,伤心地伏在枕上恸哭起来。

"齐先生，像我，还有和我一样的人，把孩子交给老师，心里感激得很啦。"

齐子耘挣扎着爬起来，揩干泪，说："于师傅，我原本想好好洗个澡，就……现在，我要骂自己是个胆小鬼，是个不负责任的人！这个澡，把我洗明白了。"

于长生抓过一块大浴巾，给齐子耘披上，然后，对着他毕恭毕敬地鞠了一个躬。

门外，张庆一声高喊："小肉馄饨——趁热吃哩——"

第二天上午，"洗尘池"门外的大街上，传来一阵一阵的锣声和惊天动地的口号声。

于长生和张庆从澡堂里跑了出来。

张庆说："师傅，走在前面的是昨夜来洗澡的那个人。"

于长生说："那是齐先生，齐子耘校长！"

他看见齐子耘挂着黑牌子，敲着一面锣，从容地走着，脸色很是平静。他的目光又扫视那些戴红袖章的红卫兵，里面没有他的二儿子！

于长生忽然响亮地喊道："'洗尘池'有客人哟，里面请——"

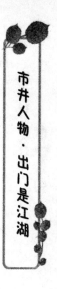

包你烦

刘心武

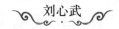

　　淑娟正看手机新闻，上头说蔬菜涨价，先是有"蒜你狠"，之后有"豆你玩"，如今又来了"向钱葱"……忽听门铃响，开门一看，竟是久违了的索索。索索一身名牌，浑身弥漫着一股特殊的香水气息……

　　淑娟老公一回家，立刻发现沙发上有个扎眼的异物，淑娟不等他问，就拎起来显摆："LV啊！正品啊！"老公吃惊："哪儿来的？"淑娟就告诉她，是索索送的。索索原是淑娟的闺密，自从跟了个比她大二十岁的男人后，两人来往就很少了。最近索索又有了最新款的LV包，这个去年秋天买的就多余了，开着宝马车路过他们家楼下，就顺便上来赠给了淑娟。淑娟告诉老公，人家索索说起巴黎发音是"趴瑞斯"，说起那里的老佛爷百货店发音是"拉法耶特"。这包就是在那家店里买的，包里还保存着那天的购物小票，三千欧元啊，约合三万元人民币哩！淑娟把索索的一番指点学舌给老公：这材料用的是"字母组合帆布"，这缝制是完全手工，这青金铜色的金属扣件是难以仿制的，瞧，包里还附有专门去污橡皮擦和金属扣清洁剂……老公搔着后脑勺道："你接受丽芬这么贵重的礼物，也太……"淑娟道："跟你说人家现在不用王丽芬那个名字了，人家现在就叫索索，她老公喜欢法国女明星苏菲·玛索嘛！"老公撇撇嘴道："那老头是她老公吗？"淑娟道："你管索索行二行三哩！反正她对我还是那么好，这包对她来说不是什么贵重物品，倒是个累赘，她

说我要不收,她就扔咱们楼外垃圾桶里。她可不是说着玩的!"老公就说:"那你怎么不留人家吃饭?"淑娟道:"人家自然是又有饭局。"老公说出几家高级餐馆的名字,道:"是呀,她一定去那种地方了。"淑娟笑:"我也是那么猜的,索索笑我老土——他们那样的人士哪有去开放式餐馆的?人家都是去会所,没有VIP卡是不让进的啊!"

淑娟两口子都是靠技术挣工资的科技人员,买了套两居室的二手房,装修得像模像样,又都爱整洁,屋子里总那么清爽,除了不敢贸然生孩子,他们的生活堪称小康。按说添了个高级包,他们的日子会更加光亮,但是,当晚就出现了问题:那LV包搁哪儿呢?就搁沙发上?怎么看怎么是炫富的架势,犯不上。就挂平时挂包的地方?这包又不适合那么挂。这才懂得,有这种包的人家,应该有一个专门的衣帽间……淑娟最后决定把包搁到他们俩的书房,老公跟进去说:"正如天竺机场T3航站楼是世界最大单体建筑一样,现在这个LV包是咱们家最贵重的一个单件东西,原来以为咱们的笔记本电脑最值钱,老怕丢,现在重点保护的应该是这个从'趴瑞斯拉法耶特'买来的'字母组合帆布包'!"

明天要不要拎那个包去上班?淑娟略有犹豫,最后觉得"包既来之,何不用之",就拎着去了。范姐看到笑笑:"现在仿真技术越来越高了。"小翠却在一番研究后尖叫一声:"真的!"先满脸羡慕,见淑娟从里面拿出一小包擦手纸,却又很快讥讽起来:"这种包哪是让你搁这种东西的哟!"再上下扫视淑娟:"全不配套!这包要配香奈儿丝巾……"又满嘴滚珠地道出一大串与之匹配的名牌,涉及服装鞋袜及装饰品,还有化妆品、太阳镜、签字笔等。淑娟不理她,范姐朝小翠摇头:"偏你都知道,你倒都弄来把自己彻底包装一番好不好?"小翠就笑:"我置备不起,还不兴知道哇?"副主任走了过来,大家赶忙盯着电脑忙碌。

熬到下班,老公开车来接淑娟,俩人吃了快餐就去看电影。买好票刚要往里走,被保安从背后追上,招呼他们让挪车。老公说:"我的车停在正经车位上,挪什么?"保安非说是挡了道,别人的车开不出去。边争议边往外走,到了停车场,原来是辆玛莎拉蒂乱停在那里,淑娟指责保安:"你怎么诬赖我们啊?"保安指指她拎的包:"你拎这包,当然开这样的车啦!"后来终于闹明白他们开来的车不过是辆旧富康,保安只好再去找挡路的车主,临离开又用怀疑的眼光盯了盯淑娟的包……

看完电影回到小区,只见停着警车,问保安,说是有业主报案,有贼入室盗窃。保安盯着淑娟拎的包劝告:"现在贼都知道各家不放很多现金,所以专偷值钱又好拿的东西。要是让贼先盯上,那就麻烦了……"回到家,不待老公开口,淑娟就拨索索手机,很快通了,索索非常快乐地道:"我跟他都在巴哈马,住到下月再经巴西、南非回去,你有什么事啊?"老公问:"能退给她吗?"淑娟道:"蒜你狠、豆你玩、向钱葱……那烦恼都比不上眼下的包你烦啊!"

老男孩

周海亮

老男孩喜欢穿运动服,打篮球,这让他像年轻人;老男孩喜欢种花养鸟,逛古玩市场,这让他像老年人。老男孩喜欢上一位姑娘,从此没时间打篮球,更没心思逛古玩市场。

老男孩先认识姑娘的父亲。姑娘的父亲与老男孩同龄,都属牛。两个人推杯换盏,很快成为无话不谈的兄弟。再次聚会,姑娘的父亲便带上姑娘。姑娘脆生生叫一声:"叔!"老男孩的脸,就红成蟹壳。

后来老男孩告诉我:"那天晚上回家,一量血压,天啊,高得很啊!"

老男孩一直单身。问他原因,答,没遇到合适的呗。都以为只是玩笑或者借口,想不到老男孩终于遇到了"合适的"。可是他认为合适,我们认为不合适。年龄是个大问题,老牛吃嫩草这等美事,岂能正好摊到老男孩身上?老男孩无才又无财,充其量身体健康、五官端正罢了。

老男孩频繁地请姑娘和姑娘的父亲吃饭,姑娘的父亲,便发现了端倪。他先是给老男孩不动声色的暗示,几次以后,含蓄的劝告变成严厉的呵斥。他说:"你多大你不知道?她多大你不知道?咱俩什么关系你不知道?你是不是想学孙中山?啊?是不是想学孙中山?"只有两个人,姑娘的父亲坐在藤椅上,老男孩站得笔直,低着头,汗如雨下。本来他对孙中山不太了解,回家一查资料,倒发誓要学孙中山了。以后老男孩照常请姑娘吃饭,只是故意避着姑娘的父亲。

姑娘并不迟钝，只是她做梦都想不到会有"如此之老如此之老"的男人看上自己。姑娘认为她的名誉受到侵害，尊严受到践踏，于是不再赴约。老男孩的电话仍然打个不停，那段时间，老男孩变成最单纯的小男孩。后来老男孩常常在清晨等在姑娘楼下，见到姑娘了，放下手里的玫瑰，转身就走。玫瑰上沾着露珠，老男孩给姑娘发肉麻的短信：那露珠就是我的眼泪。

姑娘的父亲再一次找到老男孩，黑着脸说："如果闺女同意，我没意见。"事实上这是一句废话，与严厉的训斥没有本质区别的废话，可是老男孩不这么看。老男孩跑来找我，兴奋地说："老丈人终于同意啦！"那天老男孩失去他的第一颗牙齿，正嚼着排骨，嘎嘣！老男孩将他的牙齿捧给我看，说："我是不是真的很老？"征服了姑娘的父亲，老男孩信心倍增。他重新去球场上打篮球，穿着满是窟窿的汗衫，汗珠一掉跌四瓣。他说他得健身。他说他得让自己拥有五十岁的年龄，十五岁的身体。没事时，他重新去转古玩市场，他说他得给姑娘淘两件宝贝。

宝贝淘回来，一玉坠，一银镯。玉是老玉，造型朴拙，古香古色；银是苗银，精工细磨，包浆厚重。老男孩给姑娘打电话，说："晚上能否见个面，有好东西给你。"姑娘想了想，说："好吧！渔家小院见。"

老男孩心花怒放。他说："哪有漂亮姑娘不喜欢漂亮东西的道理？"我说："怕是陷阱吧？"老男孩不高兴了。"劫财还是劫色？"他说，"这是我的执着终于得到回报。"

他的执着的确得到回报，却不是爱情，而是一顿毒打。几个年轻人将他困在包厢，拳打脚踢，老男孩像杀猪一样嚎。年轻人一边打他一边骂："老流氓！老流氓！"后来他们极不情愿地住手，却不是因为累了，而是害怕将老男孩打死。

老男孩在医院里躺了整整半个月。我劝他："报警吧！"老男孩说："不要。"我说："这事肯定是姑娘安排的。"老男孩说："不信。"我说："要不就是姑娘的父亲安排的。"老男孩说："爱谁谁了。看来，她仍然不适合我。刁

蛮!"说完老男孩笑了,脸上的皱纹,又多出两条。

　　出院以后,老男孩不再逛古玩市场,只是偶尔去打打篮球。我说:"你至于吗? 如果你追一个老太太,遭到拒绝,还有伤心的理由。问题是你追一个大姑娘,人家拒绝你,这太正常了吧?"老男孩说:"谁规定我只能追老太太? 我伤心碍你什么事了? 我只是喜欢她,怎么就成老流氓了呢?"

　　老男孩从此沉默寡言,让我替他担忧。再劝他,他找借口说:"刚镶了假牙,说话不方便。"说着,张开嘴,我看到,他果然镶了满嘴假牙。他原来的牙齿全都留在了酒店的包厢。那个夜晚,老男孩吐出半脸盆的鲜血。

　　我希望老男孩永远年轻。可是,失去牙齿的老男孩,每一天都在变老。

慈善之门

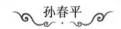

孙春平

　　我家附近因有所重点高中,拐带着连这片小区的房子都一室难求了。学校的宿舍有限,那些被家长们想方设法送来、离家又远的孩子们便租房。家里条件好的单租一户,父母陪读,条件差的便群租。我家楼上,老两口都去了北京奔儿女,把钥匙丢给中介。有一次,卫生间滴答起来,我上楼通告,并进了屋子查找漏水之处,才知楼上的几间屋子都架起了双层床,连客厅也没闲着,看来住的足有十几位。接待我的是位中年妇女,挺客气,负责着做饭、打扫卫生和监管孩子的多重职责。她说:"都是女孩子,爱洗爱涮,我让她们以后注意。"

　　女孩子毕竟不比男孩子,学习了一天,昏头涨脑的,哪还有心思蹦跳。但楼上不闹腾,并不等于楼门不闹腾。有时,不定什么时间,也不定因为什么事,哪个孩子跑回来,便按电子门铃。那位女士若在家还好说,但掌管着十几个孩子的吃喝拉撒睡,自然就要常出去采购和处理事务。孩子们按不开楼门,就胡乱地再按其他键钮,嘴巴甜甜地求告:"给我开一下门好吗?"这般闹腾了一段时日,电子门铃坏了,物业派人修过两次,很快又坏了,眼见是有人不厌其烦,做了手脚,物业也再不派人修了。进不了楼门的孩子们的最后一招儿便是靠吼,扯着嗓子一声又一声:"大姑——大姑——"那位女士为什么让孩子们喊她大姑而不是阿姨呢? 是不是姑属父系,更具管教的权威呢?

　　我家在三楼,因摆弄文字不坐班,又因改不掉吞云吐雾的臭毛病,我常将

窗子推开一道缝,所以那或尖利或清脆的嘶喊便声声入耳。赶上心情好,我会跑下楼,接受豆蔻年华的女孩们惊喜的笑靥和那一声声真诚的感谢。但更多的时候,我正焦头烂额,坐在电脑前陡添愤怨:"喊什么喊,叫魂啊?"有一天,我在楼道里遇到那位手提蔬菜的大姑,给她出主意说,孩子们也不小了,为什么不能给一人配一把钥匙呢?大姑一脸苦笑,低声说:"早有人告了,物业警告过我,群租已是违规,再敢私配楼门钥匙,出现失窃失火事件,唯我是问。"

去年秋日里的一天,雨夹雪,清寒刺骨,楼下又喊起大姑来。我刚接了编辑的不合情理的改稿电话,心正烦,坐在那里发呆。雨鞭抽打得窗子噼啪作响,暖气还没供,关节都酸上来。可楼下的孩子还站在风雨中呢,不是真有急事,老师又怎会让回来?善心如此一动,我起身下楼。可唤门的孩子已经踏上了楼梯,是两人,都罩着雨披,一个还搀扶着另一个。见了我,搀人的女孩说:"叔叔是来给我们开门的吧?谢谢啦!三楼的老奶奶已给我们开了,她常给我们开的。"我问:"奶奶呢?"女孩说:"在后面,她让我们先上。"我又问:"你的同学怎么了?"女孩说:"感冒发烧,我送她回来吃药休息。"

三楼的老奶奶,和我住对门,虽不常出门,还是见过的,快八十了吧,腿脚不大灵便,上下楼都由儿子或儿媳搀扶。大白天,儿孙们或上班或上学,只留她一人在家,给邻家孩子开门的事却让她抢了先,细想想,真是让我这利手利脚的人汗颜惭愧呀!

年底时,我家信箱里多了一封电费催缴单,细看看,是三楼对门的,便带了上去。敲门数声,老太太开门。我说:"大姨,您看看,是你们家的吧?"老太太说:"我看不见了,你替我看吧,我家姓崔。"我吃了一惊,看老人大睁的双目确是空茫,便下意识地在她眼前摆了摆手。老人肯定感觉到了眼前扇过的风,说:"不用试,跑过不少医院,没治,废物啦!"

老人真的是废物了吗?废物了怎么还能摸索着下楼去开门?那一声废物,不会仅仅是无奈的慨叹吧?那以后,每每再听到女孩们急切的唤门声,我就想,活泼快乐而又忙碌着的小天使呀,你们可知道,那个常去给你们开门的老奶奶,可是一位双目失明的老人呀!

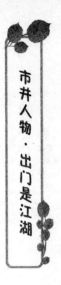

会 过

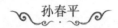

孙春平

　　九月怀胎，琳琳的身子一天比一天沉重。石丰说："让我妈来吧，还得临场热热身呢。"琳琳叹了口气说："那你就抓紧准备，该买的买足，要扔的也赶快扔掉，我最怕的就是你妈'会过'那个劲儿了。"琳琳还特意指指放在墙角的热水壶，说："把那个也扔出去吧。"石丰拿起壶看了看，说："这个浇花正合手，又不碍观瞻，就别扔了吧。"那只壶黑白相间，造型是憨憨的小企鹅，却不知电灶出了什么毛病，水烧开后不再能自动跳闸断电。正巧家里还有一只新的，昔日的热水壶便承担起了水瓢的功能。琳琳又说："你妈也年过半百了，看看差不多的，你就给个假释，行不？"石丰在法院工作，听"假释"这个词从媳妇嘴里冒出来，不由笑问："你是让我给我妈假释，还是给你假释？"

　　说起琳琳和婆婆的关系，还是不错的，两人你恭我让，从没红过脸。可不像有些人家，婆媳真就成了天敌。第一次走进婆家门之前，琳琳曾认真向石丰讨教，问："怎样才能过了婆婆这一关？"石丰说："咱这老娘亲呢，最大的优点是会过，最大的缺点或曰不足也是会过。当年我奶奶在众多的候选人中为什么偏偏相中了我妈呢？就是因为她帮我奶奶淘米做饭时，不光把落在锅台上的米粒捡起洗净丢进锅里，还将淘米水沉淀后倒进泔水缸。我奶奶后来不止一次对我说，先头的那些丫头，一个个光想着在我跟前显摆干净利索，哪像你妈这么会过呀。"琳琳再问："那你就从细节上给我说说，我应

该怎么做,才算会过,比如?"石丰说:"比如吃完饭擦桌子,咱俩在一块时,你揪块纸巾就擦了。但在我妈面前,这就浪费了纸巾。正确的做法应该是用抹布,用过后再认真清洗。"琳琳叫道:"且不说费时费水费洗涤剂,那抹布什么都擦,可怎么清洗才能保证干净呀?"

婆婆很快就到了,引人注目处是提来了两只大大的旅行袋,鼓鼓溜溜,好不饱满。婆婆打开展示,竟都是从旧衬衣衫裤上剪下来的布片,说是当褯子。琳琳心里叫苦不迭,想说什么,见石丰使眼色,便咽了回去。当夜,趁着婆婆沉睡,琳琳便喝令石丰快去把旧布片彻底蒸煮消毒,说:"谁知那东西上窝着多少细菌,哼,还当宝贝呢。"

琳琳顺利生产,一家大喜。从医院回到家里后,婆婆便愈发幸福而快乐地奔忙起来。婆婆的会过,也随之无处不在、无时不在地得以彰显。比如采买菜蔬,出楼门不远就有超市,婆婆却一定要跑菜市场,说那里便宜,还可砍价。尤其是,琳琳还注意到,婆婆竟不知从哪里把那只废弃的电灶翻出来,重新启用了那只浇花的憨企鹅。琳琳说:"不是有新的了吗?"婆婆说:"我试过,也没坏到哪儿去,我一边洗褯子一边看着就是。那个新壶我给你们收起来了。"

但有一天,婆婆洗过尿布,又忙着奔菜市场,就把正烧在电灶上的水壶忘掉了。琳琳带着孩子正在卧室里沉睡,突被"叭"的一声脆响惊醒,喊了两声"妈",见没人应,便起身查看。卫生间里热气腾腾,憨企鹅的嘴巴还在不屈不挠地喷吐着热气,那蒸气直扑向镶在墙上的镜子,镜子承受不住不止不歇的热情,便炸裂了。

"咱们也有老的时候。可这,仅仅是因为老了吗?"石丰下班回来,琳琳把他拉进卧室,这样对他说,"这还算万幸。如果我没在家里,或者我没被惊醒,那后果会是什么?水烧干了,电热继续,就可能烤燃旁边的什么东西,现在的装修材料多是易燃的化工产品,我这样说,可一点也不是有意夸大,危言耸听。且不说房子烧起来会造成多大的财产损失,孩子的性命呢?"

石丰去拉妻子的手,说:"你看老妈知错了,也吓坏了,肯定再不会。她可是一个心眼地疼你和孩子的。"

琳琳却轻轻摇头,不愠不恼,脸上还掠过些许的笑意。石丰知道,只要琳琳亮出这种神情,便是不容商量了。她说:"老妈那一辈人的会过,已渗透骨髓,融入血液,我们还能责怪什么? 这个事由我来善后,你放心吧。"

两天后,月嫂到位。琳琳当着婆婆的面,明确给月嫂分派任务:"我婆婆只负责清洗孩子的尿布,其他的事,您就受累吧。"

婆婆又在家里住了几天,就主动告辞离去了,给出的理由是老头子在家不会做饭,天天糊弄,闹胃疼了。石丰送母亲去火车站,母亲又抹起了眼泪,说:"妈还没老到那个份儿上,怎么就不中用了呢?"石丰递上手帕,说:"啥时想孙子了,就再来嘛。"母亲嘟哝道:"跑来跑去的,可都便宜铁道部啦。"石丰想起妻子的话,心中不由叹息:老妈的会过,似乎真已成了生命基因中的一部分,还有得治吗?

老人与葱

孙春平

　　天气好的时候,楼房的南墙根下,常坐着一位老人。老人实在是太老了,已属耄耋的那个层次,头上捂顶帽子,看不出头发已稀疏花白到了什么程度,一张核桃皮样的脸,皱纹深刻地密布,嘴巴瘪瘪的,连鼻子都抽缩在一起了。尤其苍老的是那双眼睛,总是空茫地大睁着,迎着风,迎着太阳,不怕那阳光多么强烈刺眼,看来已经失明。

　　老人是钟点工扶出来的,来了就坐在那张不知谁家丢弃在这里的一张木椅上。钟点工安顿好他,就转身走了,听说她在照料着好几位老人。晒太阳好,可以补钙,老年人太需要补钙了。

　　引人注目处,是老人身前几步远的地方,有一棵树,桃树。桃树不高,却还粗壮,树干足有饭碗粗。春天的时候,桃树会有几天的繁闹,盛开的花朵会引来蝶舞蜂唱。可那样的日子毕竟短暂,花谢了,叶绿了,叶子也终要飘零,北方的冬季太漫长。在枝干枯枯的日子,树杈上便搭挂起长白的大葱。大葱伴老人,倒也贴切,虽是叶枯皮焦,心却仍活着。老人一天天地越发老迈,那葱也一日日地越发枯缩。

　　不时有人从老人身边走过,问:"老爷子,有几个儿女呀?"

　　老人答:"两个,都在南方呢。我去过,那地方又热又闷,受不了,空调吹,又得病。南方的嚼货也不行,甜了吧唧的。不如回咱北方老家来。"

老人常常这般问一答十。

有小猫小狗跑过来,偎在老人的膝旁。老人从衣袋里摸出吃食,小猫小狗吃过,便伸出舌头在老人的手掌上舔,让老人脸上闪现出片刻的惬意。遛狗的人说:"老爷子,也养只小东西吧,正好给你做伴。"老人说:"老喽,腿脚不行了,哪还追得上。以前也养过……"

搭话人不白问,离去时,时不时地顺手从树杈上扯下大葱,或一棵,或两棵,带回家去做葱花。好在老人看不见,从不过问。

有时,小孩子跑过来,大声喊:"老爷爷,我拿棵葱行吗? 我妈妈让我去买,可我还要写作业呢。"老人脸上的核桃纹立刻绽放成九月的菊花,高兴地答:"拿吧拿吧,挑那长的、硬实的,扶着点树干,别摔了。你学习好不好啊? 我那孙子去年还得了奖状呢……"

有一天,一位中年人蹿到了树下,蹑手蹑脚的,一下抓进手里好几棵葱,转身欲去时,身后的老人说话了,冷冷地,颇为不悦:"不管拿多拿少,总不差两句话吧!"中年人怔了怔,尴尬一笑说:"哟,我以为老爷子睡着了呢。"老人用手背往外挥了挥,说:"走吧走吧,怎么还不如个孩子呢?"

这一幕,被当时在附近唠闲嗑的几个女人看到了,于是,人们便知道,老人的眼睛看不见,耳朵却精灵,那脚步声和大葱离树的窸窣,是躲不过老人的耳朵的。

几天后的星期天,一位女士提着马扎,坐在了老人身旁,两人说了好长时间的话,直到太阳偏西,钟点工来接老人回去。老人说:"树上有葱,是我备下的,随便拿。"女士眼圈红了,说:"以后有时间,我还来陪大伯说话,把我没来得及说给我爸我妈的话都说给你老人家听。"

单眼皮，双眼皮

红 酒

小妖儿生就单眼皮。

单眼皮也没什么不好，可小妖儿愁啊，她愁自己的眼睛不够大不够亮，电力不猛。

都说爱臭美的女孩子会把自己一天里三分之一的时间奉献给镜子，人家小妖儿不这样，小妖儿几乎分分秒秒都在镜子前跟自己的单眼皮较劲。

小妖儿的妈妈老妖儿对女儿有这样的想法实在是有点想不通。她说："妖儿，你这种类型的眼睛叫丹凤眼知道不？以前有个电影明星就是这样的单眼皮，迷死人了。"小妖儿盯着老妖儿，赌气说："妈你忒自私啊，你的眼睛那么好看，怎么把你女儿生成单眼皮？你还是不是我亲妈？"

老妖儿哭笑不得，重新把女儿看过，越看越觉得小妖儿不像自己，这丫头，不会是抱错了吧？老妖儿被自己突如其来的想法吓了一大跳。"妖儿你就不必太在意自己的眼睛了吧，如今像还珠格格那样的双眼皮咋看咋觉得二乎，俩眼像探照灯，除了大还是大，一点内容也没。"老妖儿一如既往地这么苦苦相劝。

小妖儿不以为然地说："合着老妈你站着说话不腰疼，就说莫小米吧，她在闺密中眼睛最大，眼皮不光双，是重重叠叠好几层的那种。即便不说话，也是眼波流转，楚楚动人，眉眼间尽显柔媚与风情，哪点儿二了？"老妖儿哑口无言。纠结！一家两代人为眼皮的事儿莫名纠结。

家居城郊的大眼睛莫小米养了八只鸡，散养，天明开圈放鸡，傍晚鸡回窝。小米说这样的鸡叫走地鸡。小妖儿一直对这个称呼心存疑虑，哪只鸡不是走地鸡？不在地上好好走在空中飞的那叫鸟。莫小米一口咬定走地鸡就是散养鸡的别称。小妖儿无奈地说："好好好，走地鸡就走地鸡吧。"

莫小米家的八只走地鸡一公七母。七只母鸡无比勤奋，争先恐后地下蛋，最起码每天能有六枚鲜蛋犒劳主人。每天莫小米都会对着鸡蛋眯着眼睛数上一数，尽管筐里的鸡蛋打眼一望就知道有几枚，可莫小米还是要一个蛋一个蛋不厌其烦地数。数鸡蛋成为一种乐趣。

一个人的乐趣不是乐趣，莫小米就给小妖儿打电话说："来吧来吧，来数鸡蛋玩。"一天就那几枚蛋数啥数？无非是找个由头乐和乐和。于是，小妖儿专程来到莫小米家。

小妖儿极向往这种田园生活，看见窗台上有个精巧的藤条筐，里面有新鲜的蛋，羡慕死了，来不及数，端起筐就说："看看看，敢情莫小米你天天吃的都是自己下的蛋哪。"

莫小米乐得直不起腰，说："小妖儿你的表述有问题啊。"边说边拿出两枚鸡蛋一左一右放在自己的眼睛上，说："小妖儿，用新鲜蛋这样暖能使眼睛变大变亮哦。"

小妖儿信以为真，仔仔细细端详着。那蛋肉粉色，上面似有一层晶莹的粉裹着，拿在手里，鸡妈妈的体温还未曾消退。小妖儿迫不及待地把两枚蛋贴在自己的单眼皮上连声说："谁说的真的假的没骗我吧我不信……"小妖儿这话还叫话吗？语无伦次，典型的表述不清。

莫小米哈哈大笑："弱智呀小妖儿，双眼皮要真是这么练成的，我就办个养鸡场，挨着鸡舍就是美容院，刚从鸡屁股里出来的蛋直接就放在渴望自己变成双眼皮的美女的脸上，这叫鸡蛋疗法。"

小妖儿说："去死吧，不理你了。"小妖儿整天整宿想的就是眼皮的事儿，直到有一天，小妖儿见到了周冬雨。

奥斯卡影城里正在热映《山楂树之恋》，那周冬雨眼睛不大，标准的单眼皮，笑起来眼睛弯弯的真好看，如山涧溪流，浑身洋溢着清纯可人的气息。人们一边陪着她在电影城里抹泪儿，一边还红肿着眼睛夸她模样俊俏，清纯脱俗，尤其是那双眼睛，一点尘世间的杂质都没，像个精灵。

细究起来，《山楂树之恋》的火爆是因为周冬雨，而"谋女郎"周冬雨的迅速蹿红是靠一双很个性的单眼皮赢得了人们的青睐；人们既然青睐她，也就是突破了双眼皮是衡量美女的唯一标准——小妖儿这样推理。

当手不离镜的小妖儿在一天当中无数次地打量过自己的单眼皮后，猛然觉得周冬雨跟自己超级相像。以前别人怎么说，小妖儿都死心塌地地不信。闺密莫小米的双眼皮好看，小妖儿的单眼皮也美丽。桃有桃红，柳有柳绿，各有各的风景和味道。爱臭美的小妖儿就在那一刻豁然释怀。啥事怕想明白，小妖儿终于明白了。从此，闺密们把她叫成了"周冬雨"。

周末，小妖儿邀莫小米去游泳。俩人像美人鱼般在游泳馆里你追我赶疯了大半天。当晚，小妖儿觉得左眼不适，痒得难受，对着镜子一看，眼睛红得像兔子。

乐极生悲，小妖儿染上红眼病了。丹凤眼肿成一条线，痛痒难耐。一周后，好了左眼，右眼又红，又是新一轮的痛并痒着，没一点新意地继续折磨着小妖儿。

前前后后折腾了将近半个月，小妖儿的红眼病终于彻彻底底痊愈了。可让小妖儿惊讶的是，两只眼睛都被红眼病闹腾成了双眼皮，还不单单双一层，双了好几层，比莫小米还莫小米。

小妖儿心中有种难以名状的滋味。单眼皮，双眼皮，郁闷了许多年，结果歪打反成正着，小妖儿突然成了电眼美女，山寨版"周冬雨"不见了。

不过，双眼皮的小妖儿又开始惆怅了。她总觉得这个大眼小妖儿不是自己，陌生得很。

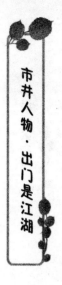

酒干倘卖无

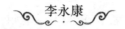
李永康

　　如果不打官司,他还不知道出事的真正原因。

　　那天中午停气停水,他同儿子儿媳还有孙子去一家"苍蝇馆"吃饭。儿子喝枸杞酒,他却要了瓶啤酒——这是他退休后养成的习惯。服务员拿来酒后,他孙子老到地抢过来说:"我看看是不是歪货。"孙子拿着瓶子摇了摇——像平常他爸爸检查白酒一样。他刚要制止,"砰"的一声炸响,啤酒瓶爆了。孙子没事,他的一只眼睛却睁不开了。他本打算自食其果自认倒霉,儿子却不依不饶,又是找消费者协会又是找律师事务所。酒厂也还明智,没费多大劲儿就答应赔偿他五万元。至此,他才了解到,酒瓶的爆炸十有八九是回收反复利用造成的。不过,得到赔款他却感到内疚,这些年他也不知卖过多少啤酒瓶!

　　再有空酒瓶他就把它砸碎扔进垃圾桶里。

　　儿子儿媳也还通情理:酒厂的赔款是老爸用血换来的,由他自由支配。他就想:我不卖,别人还是要卖,工厂还是照样回收,何不利用这笔钱去开个小店铺专门收购酒瓶呢?况且酒瓶砸碎了还可以卖给玻璃厂。他把这一想法告诉家里人,儿子儿媳都反对,说他纯粹是自找苦吃自找罪受还有点异想天开。

　　几十年他也养成了这样的性格,一心一意想干的事,一旦在他心里生了

根,十头牛也休想将他拉转。他的啤酒瓶收购站如期开张了。

刚开始时,送酒瓶来的都是些骑着三轮车走街串巷的"破烂儿王",渐渐地有普通居民主动送酒瓶上门来,有的了解情况后还不要钱。他感动得热泪盈眶。酒瓶的钱——哪怕是两角三角,他也非要人家收下不可。要是人家不肯收,他就会诚恳地这样说:"权当是给的跑路费吧!"

当然,他这样开店是入不敷出的。想想看,一个空瓶收进是两三毛钱,砸碎后卖给玻璃厂只值几分钱。不过,他觉得没有比这更划算的了,能减少一次事故就减少一次吧!人老了,就只有这能耐。

"开到盐干米尽的时候就关门吧。"他对儿子儿媳也这样说。

渐渐地,他的收购店门可罗雀,来送酒瓶的普通居民几乎没有了,收废品的骑三轮车打他的店门前过也用异样的目光朝里观望。起初,他还以为是收购价偏低了,遂用大红纸写出启事,将价格涨了几分。过了几天,还是没有人送来。他又上浮几分,仍然没有人来卖酒瓶。他感到不解——眼下正是啤酒消费的旺季呀!

这天晚上他正垂头丧气地在家喝闷酒,儿子儿媳寻开心:"爸爸的生意就要做大了!"他叹了一口气摇了摇头。儿媳默默地递过一份报纸。他睁眼一看,原来是先前赔偿他伤残费的厂家得悉他在办这样一家店铺,找到报社,声言要对他的行为进行褒奖,请他当厂里的特别顾问,并且还要和他联营……他脸气得乌青。

儿子说,单位的人都说我们这下成阔佬了。

儿媳小心翼翼地试探道:"爸,我看您还是……"她话还没说完,他猛地一拳砸在桌子上,气愤地说:"这是软刀子杀人哪!"

盲人与小偷

李永康

浅灰色的防盗门虚掩着，他轻轻拉开后，露出一道菜花色的老式镶板门，他非常兴奋。他不止一次开过这种双重门，进过这种貌似朴素的居室。传言，有一些贪官就是用这样的房子来掩人耳目窝藏赃款的。开这种鸭舌式的锁对他来说太小儿科了。他小心翼翼地把两道门带上，然后蹲下，抄起一只拖鞋扔了出去。砸出的响声不大，像猫逮老鼠时跳跃触地发出的。室内没有一丁点儿反应。他胆子壮了起来，便站直身子朝里走。

"二娃子，你来啦?"声音不大，很平静。

他疑心是自己心里发出来的，所以没有停下，继续往屋里走。

"你今天是先拖地还是先抹窗子?"这次他听得清清楚楚，声音是个中年男子从客厅转角处的沙发上发出的。窗帘拉着，光线很暗，刚进屋很难发现沙发上还坐着人。

"糟糕，今天失手了!"他不由得暗暗在心里叫了一声苦，紧紧盯着那人，往门口退去，试图根据情况夺路而逃。

坐在沙发上的男人一动不动地指挥道："你去把厨房里的水瓶提过来，先泡两杯茶，今天我请你尝尝二级峨眉毛峰。"

他不敢回应。沙发上坐着的人又喋喋不休地自言自语道："哎哟，我咋忘了你不能说话呢? 最早姐姐把你带来的时候就告诉过我的。不过，姐姐

说你心明眼亮,耳朵特好使,可以耐心地听我这个看不见的人说话。你不知道,我等你好长时间了,你来了,我说着话心里就亮堂了许多。"

沙发上是个盲人,他放松了,放弃了逃走的打算。

"水瓶提过来没有?先喝一口茶,再慢慢做卫生。要不,今天就不抹窗子了,只拖地。卧室可以不拖,只拖厨房、卫生间和客厅。要不,都不做,反正等几天你又要来做,我就想和你喝喝茶说说话。你不知道,这茶是姐姐用我自己第一次挣的钱买的。"

他换上拖鞋,不由自主地去厨房提来水瓶泡茶。他开始同情起这个盲人来。

"说真心话,二娃子,我有点佩服你——你说不了话,自己出来打工挣钱养活自己不算,还要供养残疾的父母。"

他很想告诉沙发上的盲人,他不是二娃子,也不是残疾人,他好手好脚,却游手好闲不务正业,但他不敢吭声。今天他是一个不能说话的人。他要把这场戏演到底。

沙发上的人说:"喝茶喝茶。"

他呷了一口,有些苦涩。

沙发上的人又说:"我去盲人按摩所上班,一是受到你的启发——你都那么能干,我好脚好手的咋不能自食其力呢?二是想帮衬姐姐一把。姐姐太苦了,先前每个月挣的钱都花在我和侄儿两个无用的男人身上。我侄儿虽然十九岁了,可小时候得了小儿麻痹症,现在连站起来都困难,整天只能躺在床上。几年前姐夫下岗后承受不了压力,精神失常后走丢了。为了姐夫,姐姐花光了所有积蓄,把房子卖了也没找到人,现在只能住在这个租的房子里。这个世界上我最佩服的人就是姐姐,她是女中豪杰,比男人还能干。"

他情不自禁地去厕所拿来拖把,开始打扫客厅。

"二娃子,如果你嫌我啰唆就使劲跺一下脚,我听到后就不说话了。来,喝茶喝茶。"

他把客厅拖完，又去喝了一口茶，一股淡淡的清香味沁人肺腑。

"这茶味道说不出地好。"坐在沙发上的人动情地说，"简直有点像说书人说的，妙处难与君说。二娃子，你早就品尝过这种美滋滋的味道是不是？可对我来说却是第一次啊。用自己劳动挣来的钱，是世间最美的享受！"

盲人的生活态度深深地感染着他。

"你再倒点水，我给侄儿也喝一口。"沙发上的人边说话边站起来，端着杯子熟练地往里屋走去。

下午三点，打扫完卫生，他从包里掏出仅有的三张十块四张五块的钱放在茶几上。正要出门，门"吱"一声开了，一个和他年龄相当的敦实青年背着个帆布工作包走了进来。那人"啊啊啊"地对他比画了几下，他点点头侧身让了一下出了门。

楼梯上洒满斑斑点点的阳光。

那是留给雀子过冬的

何 晓

这个地方是古城西边的张家小院。

小院里有两棵树，一棵是海棠树，另一棵是柿子树。

海棠是百年贴梗海棠，嶙峋的干傲立在用汉砖砌成的花台上，花台在天井里，海棠的枝任性地铺满了整个天井。虽然在天井和街道之间，有两道大门和一间门厅，但过路的人还是一眼就能穿过这两扇开着的厚重的门，看到海棠树上吊满了木瓜一样的果，闻到空气中浓郁的苹果味一样的香。

柿子树的年龄就更长了，树干粗得可以任由一个五六岁的孩子躲在后面藏猫猫——当然，这只是比喻，怎么会有孩子来这里玩游戏呢？这里是后花园，平常没有熟人引见，树的主人是不会随便让人进来的。柿子树上挂着灯笼一样的果，果子高高的密密的。香气嘛，因为树太高，站在地上的人很不容易闻到。

古城的三千多株名木古树，大都藏在深山古庙里，唯有这两株，张扬地俯瞰着闹市，一副宠辱不惊的样子。就是关于闹市里的这两株树，古城有一句传了几辈人的歇后语：张家院儿的果木子——俏货。

很少有人能拒绝这两棵传奇名木的诱惑，他们总是好奇地进后花园并在树下站很久，看主人小心地登上人字木梯给邻居摘一个两个海棠做药引，听他严厉地吩咐客人注意不要踩了刚从树上落下的柿子。

很久之后,他们中有人满怀敬意地悄然离开了,也有人急切地想问个明白:"为什么一树好柿子竟不摘啊?"主人的一句"没啥,不想摘",像禅机一样让人捉摸不透。

于是,就有人去问张家小院的常客、从文物管理所退下来的文物专家老宋,他可是啥都知道的哟。老宋听了,只是笑,却不答。问得紧了,他就说:"你晓得,我也有好久没去张家小院了。"众人一打听,原来老宋近来喜欢上了摄影,而且专门拍雀子。

大家都不明白,可老宋心里明白着哩。

老宋是张伯的茶友。两人前几十年泡茶馆,后十来年懒得跑了,就把"据点"定在小院里。他们喝茶的时候和其他茶客不一样:人家热热闹闹,高谈阔论,他们却像两个闷葫芦,无声无息的,喝茶倒水全凭心领神会。偶尔有几句话,也是关于那两棵树的。

春天,有整整三个多月的时间,他们坐在天井里的海棠树下,看海棠花像火苗一样绽放成一团火球,牵住所有过往行人的眼睛;夏天的时候,他们在天井旁的街沿上,看海棠花落,看海棠的叶子变着花样地绿,看米粒一样的果子一天一天长大;秋天的时候,他们把据点搬到后花园,花园中央是柿子树,东面是走廊,其他三面是梯形花台,花台上摆了近千件盆栽。在树下有一张小几两张躺椅,都是明朝的,家传的。几上的茶具和烟灰缸,都是清朝的,自然也是家传的。然后半躺半坐,看满树的柿子一个一个地转黄,看雀子一只一只地飞来。冬天,依然是一样的桌椅一样的茶具,但必须搬到走廊里,因为雀子多起来了,雀子粪就下雨似的往下落。

老宋最后一次去小院那天是十月底。还只是深秋,但雀子已经很多了,老宋和张伯不得已只能提前到走廊里来喝茶。

老宋说:"有二百零三只。"

张伯说:"十姐妹来了,你眼睛不好,没看到。"

十姐妹是一种只有拇指大的雀子,喜欢成群结队地飞来飞去,停在高高的枝上,很容易被忽视。

张伯说:"我要把西北角的花送出去,你有没有朋友要?"

老宋说:"那是你儿子专门给你栽的,红唇碧玉兰、夏素、白花春剑……都是名品哟。"

张伯说:"我要栽一丛竹子。这城里雀子能歇脚的地方不多了。"

老宋说:"你们张家一辈比一辈固执。"

老宋于是就走出了张家小院,再没回去过。从那之后的整个冬天,他都在小院旁边的中天楼上喝茶。中天楼高出四周的民居一大截,隔着十几米,正好可以看到张家小院里的那棵柿子树。老宋每天从早到晚地守在楼上,怀里抱个长镜头照相机,翻来覆去地给那棵柿子树拍照。有人把这事说给张伯听,张伯听了,一句话都不说。

来年立春那天,在古城的广场上,一下子摆出了一百多张巨幅照片,照片上只有结着果子的树和树上的雀子。这是古城有史以来举办得最成功的一次影展,不仅古城的人来看、市里的人来看、省里的人来看,连中央电视台《人与自然》栏目的那个漂亮女主持人都来了。女主持人要采访摄影师老宋,老宋却要求人家把镜头对准照片上的柿树和照片旁的解说:树上的果子是留给雀子过冬的。

古城人好像解开了一道谜,却又好像面临更多的谜团,对张家小院的敬重里,多了几分亲近。

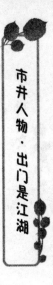

谁能看见鹭鸶的腿

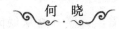

何 晓

吃了早饭,在葡萄架子下面坐了一会,老庚这才想起该去城西看鱼翅,看他昨天在电视里见过的那一段鱼翅。

老庚在古城长大,他见过犀牛不在江边镇水,偏要跑到街上去冒充雕塑,后来闲话太多,就又从街上跑回江边,很不高兴地背对着江水;他也见过落下阁不在蟠龙山观星,却跑到锦屏山观景;他还见过张三爷把刘皇叔关二哥都忘了,梦里糊涂地立马滕王阁,去给李世民的弟弟守大门……但他居然就没有看到过那段鱼翅,于是他对自己说:你硬是个疯子!

老庚出门的时候,站在天井里大声喊:"哥哥! 哥哥!"

嫂子推开门,把一个漆黑的脑壳伸出来说:"早就去江边钓鱼了。"

"咦,你的脑壳昨天还是花白的,今天咋就漆黑了哦?"老庚偏起脖子问。

"我这是染了发!"嫂子"嘭"的一声把门关上,用更大的声音说,"疯子!"

老庚愣了一下,把手背在身后,绕过照壁,出了院门。高高的、瘦瘦的老庚,把手背在身后的样子,像一根秋风里的老豇豆。

老庚边往江边走,边想昨天晚上的电视节目。

他从不固定看哪个频道,昨天也是这样,随便一按,正看到一个专家在讲"中国古代的水利建设"。他还没把手松开,就听到专家指着一张图片说:

"为了防止水直接冲击堤岸，人们在堤岸外面伸出一段形状类似鱼翅的分水堤，俗称鱼翅。这段明朝修建的鱼翅在古城西边，是目前四川唯一保存完好的一段鱼翅。"如果不是因为天太黑，他当时就想去看看那件文物。对的，是文物。

老庚觉得这个词用在那段鱼翅身上，真是再恰当不过了，独自"呵呵"地笑出了声。可他马上就意识到这样不好，有人看到了，会说他是"疯子"，于是他赶紧把嘴闭紧。这个时候，他已经出了古城，到了城南江边，看得见江上飞来飞去的鹭鸶了。他沿着滨江路一直从城南往城西走，路上冷冷清清的，只是在临水的那一边，隔一段距离插着一根钓鱼竿。老庚远远地望见哥哥在最远的那根钓竿面前坐着，白白胖胖的，很显眼。

一艘游船轰隆隆地从江心开过去，船尾拖着一条污水带，就像是犁头从枯了很久的水塘里划过，把下面的淤泥翻了上来。在江边走着的老庚被吓了一跳，在江上飞着的鹭鸶也被吓了一跳。一只鹭鸶惊恐地从老庚眼前飞过，不经意间，老庚竟看到了鹭鸶头顶上细长的羽毛。

老庚的目光始终没有离开过那只鹭鸶，因此他清楚地看到：那只鹭鸶从他面前飞过之后，只眨眼间就在不远处展开一对大翅膀狠命地挣扎着，而插在岸边的一根钓竿也随之剧烈地摇晃着。老庚不由自主地快跑几步，到了那根钓竿旁边，发现鹭鸶的腿被渔线缠上了，而且它越挣扎，渔线就缠得越紧。老庚蹲下来，想伸手去帮鹭鸶解开腿上的渔线，可鹭鸶显然不能理解老庚的好心，它不仅拼命拍动翅膀，还试图用自己长长的嘴来啄这个不知道是敌是友的人。老庚的手臂被鹭鸶啄了几下，火辣辣地痛。他只得缩回手，盯着这可爱的小家伙。

人和鸟就这样陷入了一种相持状态。

一群鹭鸶从对面飞过来，在被困的同类头顶上盘旋。老庚傻傻地想：要是它们能帮它解开渔线该多好！

"老庚，你蹲在那里做啥？"钓竿的主人终于看到这边出事情了，他边往这边跑，边喊叫。

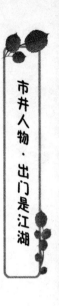

"哥哥,你看鹭鸶的腿!"老庚指着鹭鸶给哥哥看。回头的时候,却发现这一次鹭鸶没有啄自己。他赶忙把两只手都伸了过去,往前倾着身子,飞快地解下了鹭鸶腿上的渔线。

就在那白白胖胖的哥哥跑近的时候,鹭鸶们舒展着各自长长的腿,都飞了起来。

"要你多事!我钓不到鱼,能钓只鸟回去也可以给你嫂子交差呀。现在反倒要花钱去买渔线。"哥哥拾起钓竿抱怨着。

老庚看到哥哥愤愤不平的样子,不敢再叫他一起去看鱼翅,只得心虚地低下头,继续往城西走。路过石犀牛的时候,老庚背对着东边偏着脖子把北边上游的江水看着,喃喃地说:"你以前这样子多好啊。"

再往前走,在修路,老庚深一脚浅一脚地沿江岸走着,远远地看到一群人正在施工。近了,老庚发现他们竟然在拆石条——拆鱼翅上的石条,鱼翅尖上的石条已经被他们拆下来放在一边了!

老庚的脑子"嗡"地一下蒙了,他冲上去拉住一个撬石条的人,大声地问:"你们在干啥?"

撬石条的人反手把老庚拉到了路边,对他说:"你走远些,不要影响我们工作。"

老庚失望地坐在岸边,看那些人说说笑笑地拆明朝的鱼翅。

太阳正当顶了,撬石条的人收工了,江边宁静下来,只有远处的江面上有几只鹭鸶在快乐地飞翔着。老庚站起来,回身去看古城,怎么看都觉得那片古城像一只被渔线缠住了腿的鹭鸶。

于是,他急急地跑回古城,紧张地找着、找着……

一个行人想弄明白他在找什么,就跟在了他的身后;

又一个行人想弄明白这两个人在找什么,就跟在了他们的身后;

…………

很快,老庚的身边就聚集了一群人,都在用眼睛找着,心里却都不知道要找什么。一个新来的问老庚:"你在找啥?"

老庚说："你能看见鹭鸶的腿吗？"

众人的脸色一下子变得好难看，嘴里骂着："疯子！"然后就一哄而散了。

但老庚还继续找着，他每看到一个行人，都要问："你能看见鹭鸶的腿吗？"

老蹦

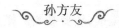

孙方友

　　老蹦姓于，叫于全德，小名蛤蟆。因为蛤蟆走路是蹦着走，所以人送他外号叫"老蹦"。可能是老蹦好记又顺口，又加上他一辈子没混出个模样儿来，"于全德"三个字就很少有人叫了。

　　老蹦住在北街，年轻时在码头上当脚夫，后来镇里成立了搬运队，队上发展了不少马车，就让他当了帮槽。

　　所谓帮槽，就是在饲养棚里干杂活，铡草、担水、炒料、垫铺、打扫卫生，全归他一个人。当时搬运队的马车队由十多辆马车组成。队上养有三十多匹大马，个个吃得贼肥，而且多是东洋马，又高又大，身上亮如绸缎，屁股上像扣了两个大铜盆，脖子里系着苏州串铃，脑门儿上扎着红缨缨，连马笼头都是用黄缎子包制的，很是威风。搬运队的马棚也很大，一溜儿十几个大石槽，槽头的拴马桩全是本地槐木，质硬如铁，天长日久，被缰绳磨得油光发亮。喂马的饲养员姓毛，叫毛希才，年轻时给镇里大户雷家当马夫，有一手好鞭法。再调皮的牲口，他一鞭下去击中马耳根，能让牲口浑身打战。只是这绝招儿他不常用，说是牲畜也是一条命，不犯大错，决不能动大法。毛希才喜欢老蹦，所以他一当上饲养员，就点名让老蹦来帮槽。毛希才喜欢老蹦的原因是因为老蹦踏实能干又爱马如命。老蹦爱马的原因是因为家穷，几辈没养过马。从小他看到大户人家的公子骑着高头大马招摇过市，就气得

咬牙。其实,老蹦想骑高头大马的原因除去气别人富有,最主要的是因为他个子太低,不足四尺,在男人群中几乎等于侏儒,所以他就想骑在高头大马上低头看一看那些比他高的人。由于他个儿低,在码头上当脚夫时总是拿低分。又由于他个儿低,一辈子也没找到老婆。据说为此他还曾多次抱怨过母亲,为什么给他起了个名叫蛤蟆,要是起名叫大马或大骡,肯定会比现在长得高。这当然都是一些笑谈,是人们出他的洋相时故意编派出来的。老蹦人老实,听到这些只是一笑了之。

帮槽者除去铡草、打水、垫铺,还要炒料。搬运队有钱,给马吃的大料全是用黄豆或黑豆炒的,把炒香的豆子再用石磨磨碎,撒在铡碎的谷草上,能满屋飘香。喂马是需要细功夫的活计,不但有"铁打的骡子纸糊的马"之说,还有"马不吃夜草不肥"之说。这两个"之说"就给饲养员和帮槽的人增添了不少劳累。由于饲养员毛希才夜里要喂马,所以白天必须睡上一觉。在老毛睡觉之时,这喂马的任务就交给了老蹦,要他看着马吃草,添大料。那时刻,老蹦就觉得很幸福。只是这种机会不是太多,因为除了节日或雪天,马们都外出拉货去了。

搬运队的马车一般是三匹马一辕,车把式对自己用的三匹马都爱惜有加,所以也想让老毛和老蹦对它们偏爱一些,每次出车领取大料时,总想多领一些。大料归老蹦管理,因为他对所有的马都爱护,所以他从不偏向。这样,车把式们就对他有了意见,多次向领导反映,要求撤换老蹦。但领导毕竟是领导,一下就看出了车把式们的私心,不但不撤换老蹦,而且还让他当了模范。年终表模会上,当颁奖时念到"于全德"的名字时,老蹦竟没意识到是叫他。最后还是经别人提醒,他才"恍"出个大悟来,上台向领导检讨说:"我忘了我叫于全德了!你叫老蹦我不就知道了?"惹得全场大笑。领导给他发奖金,他说啥也不要,只要求骑马戴红花在大街上招摇过市一回。众人一听这话,都向领导要求答应老蹦的条件。领导说让劳模夸街是好事嘛,他想夸就夸吧!众人让领导答应老蹦夸街是想出他的洋相寻开心,待领导一吐口,便一下拥了上去,先给老蹦十字披红,然后取出锣鼓家什,又敲又打就上了街。老蹦骑在马上，像一下子高大了许多，激动得眼泪都出来了。队伍从北街到南街，又从西街到东街，一直夸了大半天。老蹦想尿尿，众人却不让他下马，牵马的人又故意快一阵慢一阵，老蹦憋不住，竟尿了一裤子。此事成为小镇上的笑谈，还有能人编了一条歇后语：老蹦骑马——内里再急没办法！

如此老实可爱的一个人，不想却在三年困难时期被人杀害了。老蹦大概是死在 1959 年冬月。那时候，天下饥荒，有钱也难买到吃的。搬运队原有的三十多匹马，已饿死了二十匹，剩下的十几匹也瘦得皮包骨头，已很难拉车送货了。那时候，马的饲料也早已由大豆变成了玉米，而且也越来越难买了。后来是通过县交通局领导才从粮食局批得二百斤豌豆。搬运队领导将买回的豌豆过秤给了老蹦，说这是十几匹牲口的命，不得少一两半钱。老蹦早已为马一匹匹死去伤心不已，向领导保证说："只要有我老蹦在，少一个豆儿你就拿我是问！"老蹦是如此说的，也是如此做的。炒料时，尽管香气馋得他垂涎欲滴，他也舍不得用舌头舔一舔，生怕一舔之后把握不住自己，狼吞虎咽起来。到了夜里，为防人偷，他就将饲料放在身下睡觉。怕香气诱人，他戴上口罩入睡。可令老蹦料想不到的是，尽管如此防人防己，但还是没防住。一天深夜，他刚刚入睡，突然从窗户上跳进一个黑影，上去就用被子捂住了他的头。由于他还戴着口罩，大声喊叫传出的声音也很低。万般无奈，他只好摸到准备在枕下的杀猪刀，朝那人腰上砍了一下。由于是冬天，刀碰到软棉花只等于砸了那人一下。那人一看老蹦有家伙，很是惊慌，双手狠狠掐住了老蹦的脖子。老蹦毕竟身小力弱，不一会儿便没了力气，胳膊腿全软了下去。那小偷一见自己杀了人，一时无措，最后牵出一匹马来，将瘦小的老蹦和饲料一齐驮上马背，悄悄溜出搬运队。到了官道上，他卸下饲料，然后朝马屁股上猛拍一掌，让马驮着老蹦朝县城方向跑去。盗贼的原意是想给人造成老蹦骑马被摔死的假象，不想天大明后，那匹马却驮着老蹦的尸体神奇地出现在十字街口。

因为老蹦脖子里有被掐的手印儿，案件很快告破。令人做梦也想不到的是，凶手竟是饲养员毛希才！

王 娟

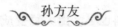

孙方友

　　王娟在省城一家名牌服装专卖店里做导购,每天上午九点上班,一直干到晚上九点或者更晚才下班。公司实行的是无底薪制,一天不卖衣服就等于白干。店长的口号是:要么不做,要做就做更好。王娟很努力,月工资至少也能挣到一千六百元。

　　在这种专卖店搞推销,全凭口才和推测顾客的心理。有时你说到了点子上,顾客会一次买好几件衣服;有时也可能一句话不得当,顾客掉头就走人。店长常给她们说:"销售这一行,特别能锻炼人的头脑、口才和沟通能力,这些素质对每个人的人生都有很重要的意义。"王娟很刻苦,处处向店长学习。她说:"她的人生第一目标,就是要当一名店长。"

　　店长姓黄,叫黄芳,王娟她们都喊她黄姐。其实,黄芳并不比她们大几岁,与王娟还是老乡,都是豫东人。黄芳不但人漂亮,口才好,最令人羡慕的是会一口标准普通话,而且还能用英语与外国顾客对上几句话。据说黄芳在一所技校毕业后就去北京闯荡,后来就回省城当了店长。黄芳很喜欢王娟,说王娟人漂亮聪明又好学,前途无量。她常教育王娟说:"现在这个社会,适者生存,不吃苦学习,哪儿会有钱赚? 不怕学不会,就怕不知道自己身上缺什么!"王娟为向黄姐学习,白天仔细观察,晚上认真模仿,不久,从言谈举止到气质,差不多就成了第二个黄芳。

黄芳的男朋友姓高，叫高占本，常来店里找黄芳。高占本是个很帅的小伙子，一米七八的个头，脸盘也端正，和黄芳一样，身上的农村味儿几乎已脱了个精光。他也是一口京腔，无论从言谈举止还是到穿戴打扮，不知其底细的人都不敢低估他。其实，他是从豫西一个穷山村里走出来的，其能如此脱骨般的变化，黄姐说也是他爱学习的结果。店里的姐妹们都说："黄芳与高占本的结合，可谓是珠联璧合，天生的一对。"

可令人想不到的是，自从高占本在店里见过王娟之后，却喜欢上了王娟。这让王娟很是措手不及，面对黄姐的高不可攀，她常常是自惭形秽。不想这高占本竟将爱心转移，喜欢上了自己。她觉得不能做对不起黄姐的事儿，就处处躲着高占本的进攻。可爱情这东西，是任何东西也难以挡得住的。可能是为了去掉王娟的心理障碍，高占本竟公开与黄芳分了手。这一下，全店的姐妹们都对王娟有了敌意。王娟在店里待不下去，只好辞职另择生路。

不想这一下，恰巧又给高占本可乘之机，追王娟追得更紧了。

高占本今年二十八岁，原来在一家企业工作，嫌每月两千元的工资太低，便辞去工作到北京读北京大学的 MBA（工商管理硕士），毕业后，回省城进了一家生产太阳能硅片的高科技企业。开初在厂里采购原料，基本工资五千元，加上采购有提成，现在一年能挣近十万，相当于步入了"金领"阶层。

高占本所在企业生产的产品，直接或间接出口到国外，高占本就觉得自己前途无量，所以心气儿也越来越高。他是在北京读研时认识的黄芳。王娟问他："黄姐如此优秀，你为何要舍优选差呢？"高占本说："就因为她太优秀，与我这个优秀在一起会相抵的！婚姻的最佳搭配是优秀加良好，你属于良好型，所以才选了你。再说，结婚是过日子的，不是比谁最优秀的。"王娟说："我正在向黄姐学习，等我优秀了，你怎么办？是不是还会弃优另选良好？"高占本笑了，说："你不懂，日后你就知道了！"

黄姐是个善良人，给王娟发短信说："未婚之前你千万要守住童贞，千万不可让他得到。我吃亏的原因就是让他提前得到了自己！"王娟很感动，给

黄姐回信说："黄姐，你放心，我是不会干那种对不起你的事儿的！高占本这人，优秀是优秀，但靠不住，你离开他并非坏事。"

不久，王娟去另一个品牌的服装专卖店应聘，很快就在那里当了店长。

高占本来店里找她，她说："我已经开始优秀了，请你另选良好吧！"

因为高占本未得到她，所以就一直来店里缠她。王娟问黄姐怎么办，黄姐给她回信说："高占本是优秀的，祝贺你们！"王娟将黄芳发来的短信让高占本看，高占本很感动，说："以前光知道她是优秀的，没想到她是这么优秀！"王娟借机劝道："她的优秀已超过了你，使你变成了良好，你应该与她重归于好！"高占本说："晚了，她已经有了男朋友！"王娟问："你后悔了？"高占本说："有那么一点儿！但现在有你在，我还不至于后悔到跳楼的地步！"王娟说："但我是不会嫁给你的！"高占本问："为什么？"王娟说："理由很多，最重要的有这么几条：一是你追我追得不是时候，使我在精神和人格上蒙受了不少冤枉；二是我要追求进步，绝不能为了你而保持良好的水平；三是在人品上，你和黄姐不在一个等量级，所以在感情上我就偏向了黄姐。"高占本听了这段话，许久没吭声，最后长叹一声说："我真没想到，你身上潜藏的优秀品质如此强大，我失败了！"

高占本从此一去不返。

事情过后，王娟每每想起也有点儿后悔，因为高占本毕竟属优秀一族，可遇不可求，自己为了义气，失去了，不知是祸是福。她给黄芳打电话，实话实说了自己的心情，黄芳好一会儿才回答："看来，在男权社会里，女人不能太优秀。你我可能都吃了优秀的亏！"

王娟听后许久没说话……

出门是江湖

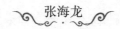

张海龙

"出门是江湖,江湖一场戏。"

他再次准备出趟远门时,捏着一包用一次性塑料杯装的啤酒,和大家虚碰了一下,随口说了这么两句。

那时我们坐在兰州的庙前街上,和港片里江湖打斗的经典地点庙街相比,这里也汇聚着三教九流的各色人等。鱼龙混杂,泥沙俱下,这两句话的的确确来得恰到好处。庙前街上,每天也上演着尘世上的悲喜剧。前一阵子,有个川人低价从这儿收了台老爷车,转手就卖了几十万。还有那个门口的鞋匠,老老实实的一个人,却杀了隔壁那个卖大豆的女人,听说两个人是相好哩。那个吼秦腔的,一口痰卡在嗓子眼,死了,就差那么一口气……

现实像块石头,扯淡才有生命。所以,他才要出门,走得远远的,去天之涯海之角的海南。朋友交往了一两年,一起喝醉过若干次。那天,才听他大概说了自己这几年的经历。江湖的感觉扑面而来。

大学外语系毕业,根据"从哪儿来到哪儿去"的分配原则,他回到自己家乡山沟沟里一所中学教书。那儿是牧区,民风强悍,文明却处在半开化状态。那儿的男人们,包括他的学生在内,离不开的两样东西是刀子和酒。刀子么,挂在腰间,主要是用来割手抓肉吃的。酒么,揣在怀里,做男人用的。山沟沟里,电视台只能收看到中央一套,声音听个大概,影像看个意思。一

到晚上,除了头顶的星星,周围漆黑一片。那许多个寂寞的夜晚,倒是让他认清了不少天相书上提到的星座。除了教外语,他还兼语文和体育,学生们基础差也不爱学,上课时问怎么不拿课本,回答说是"丢掉了"。体育课相对气氛好些,却没人遵守规则,放羊一样地把个黑白皮球踢得看不见了踪影。

几个月后,他逃离了这里。

校方不同意他辞职,扣下手续户口不给。他就在一个黑咕隆咚的早晨搭拖拉机进了城。他想着,总得给生活找出点意思来吧。先是和别人跑运输,偷偷从广东海陆丰一带倒腾走私摩托车回去卖。有了些钱,于是喝酒吃肉,再喝酒再吃肉。一个意思有了,下一个意思又没了。钱多起来后,朋友们之间渐渐竟生出了些龃龉,你多了我少了的甚是叵耐,几个回合下来索性便分了行李,再也休提那西天取经的话。

怎么办?为了活命,为了不让自己没意思,他接下来又去了新疆,在一个油田中学里教了一年书。再下来又回了兰州,到一家媒体跑跑采访卖卖稿子。一来二去,已是走了四五年的江湖路。但意思在哪里?意思像幸福一样可遇不可求。选择海南,他也简单,就是长这么大还没见过大海呢!到那儿,没事儿就赖在海边躺着,爽都把人爽死哪!

他从海南那天涯海角的地方发来短信说:"躺在海边椰树下久了,突然就迷失了方向。"人生恍若大海,惊涛拍岸,周流复始,却不过如此。江湖么,大概是我们想出来的吧。累了,爱了,那就婚吧。婚后,他性格变得绵柔起来。有时,还爱流泪。他发现,很多现实问题,女人自有女人的想法,要比男人更固执。那就随她去吧。

多少江湖故事,其实从来都离不开一个普普通通的女人,轻轻易易地便收住了一颗曾经狂野不羁的心。

你那边现在几点

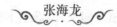

张海龙

新西兰！新西兰！

那是远在南半球的一个美丽岛国，当真是要穿越万水千山才能到达的远方。离得太远，人的想象力就有点够不着了。从这儿到那儿，一切全被颠倒过来，我们在冬天里裹得像头过冬的熊时，那儿却是单衣飞扬的夏日。我们这儿大街上尘土飞扬人头攒动，那儿却是碧海蓝天美得像虚假的风景画。

文哥的故事与新西兰有关。在他面前，"新西兰"是个禁忌，不可以轻易说出。文哥是新疆人，他和兰州姑娘小洁相遇在西藏的转经道上。许多年之后，文哥还能这样回忆起初识小洁的情景：转经道上，磕长头的人一步步向前，用自己的身体丈量着大地。有个背着行囊的高挑姑娘走在前面，嘴唇一张一合地念着一句什么话，他凑过去才听出——不是真神不显身，只怕你是半心半意的人。他当下心中一凛，觉得此言大有深意，此女也别有意味。文哥相当特别地用了"牛逼"这个词来形容小洁的腰，他那时有一种相当强烈的揽之入怀的冲动。他知道，爱情就这样不讲道理地扑面而来了！

从青藏高原下来，文哥追随着小洁来到了兰州。这个城市地形狭长，大河在两山相夹之间奔流而去，生活浊浪滚滚，泥沙俱下，人心也总是奔突欲出。一场强烈的爱情最适合在兰州发生：尘土每天成吨落下，适合表达感情的时间和机会如沙尘般无处不在，到处都充满了粗糙真实硬朗的景物，心中

有爱，那是可以直接说出来的。文哥在小西湖开了新疆餐厅，他和小洁晚上总泡在蓝派咖啡馆里，有时会有人在这里猜拳行令，每天都有人喝大呕吐，这是兰州夜生活独有的风景。之所以爱来这里，是因为这儿的装饰有强烈的西藏风格，一切都像他们的最初。

在兰州，很多人都随时准备上路，冲入外面的世界。小洁的父母去了非洲，给她联系好了新西兰的留学，似乎一切都不可拒绝。文哥和小洁难分难舍，但文哥是个硬朗的西部男人。他说："去，你以后到哪里，我就把新疆餐厅开在哪里。我们互相随时招之即来，但谁也不能挥之即去……"

小洁一去两年多，她和文哥通过网络和电话传情，文哥总也搞不清楚新西兰那边比兰州早几个小时，每次都要问："你那边现在几点？"

时间熬得久了，朋友们怕文哥寂寞，也怀疑现代男女青年的情爱耐心，玩笑似的建议他先随便领个姑娘街上浪着。文哥立马就翻了脸，吼道："你们都缭乱，我还不能犯上个倔，把丫头子等上几年？干啥把生活过得乱掉了！我就是不知道她那边几点了，我想她的心思还是清楚着呢！"文哥特地买了一部手机，屏幕上设置了北京和惠灵顿两个地方的时间。他终于能确定他和小洁之间到底相差多少时间，而那时间相隔的便是两个不同的世界。

然而，英谚有云：Out of sight，out of love（看不见，爱不到）。到小洁提出分手的那一天，文哥有些发蒙，喃喃间，脱口而出的还是那个对他来说近乎永恒的问题："你那边现在几点？"

阿是穴

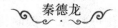

秦德龙

"阿是穴,指以病痛局部或压痛点作为穴位。阿是穴用于治疗,就是哪儿疼掐哪儿。"大师掐着我的脖子说。

一个时期以来,我伏案写字,脖子又酸又疼,硬得嘎巴巴响。

大师掐着我脖颈的硬筋,将我掐得龇牙咧嘴。经过大师的掐治,不消一刻,我原本僵硬的脖子松软了许多。

大师一边掐我的脖子,一边同我聊天。很自然就聊到了中医西医之争。"中医治的是得病的人,西医治的是人得的病。中医先望闻问切,从整体上观察人的病态;而西医呢,一有病就把你弄到流水线上去,一个零件一个零件地排查,哪个零件坏了,就治哪个零件,心脏坏了,就挖开胸膛,安个支架。"

我笑了。照大师这么说,如果西医看我的脖子,就该卸掉我的脖子了。

"你笑什么? 我可不是鼓吹中医,贬低西医。治病,必须得有中医,也必须得有西医。一个社会,分工不同,有马有驴,各干各的活儿。中西医结合治疗,但绝不是非驴非马的骡子。"

听大师说驴说马说骡子,我又忍不住哈哈笑。大概是我笑岔了气,竟痛得直不起腰来了。

"趴下,治腰!"大师命令我趴到硬板床上。

大师开始掐我的腰了。我不知他掐的是什么穴位。根据大师的理论，"哪儿疼掐哪儿"，大概他掐的是阿是穴的"连锁店"吧。

大师掐着我的腰，同我继续聊着。这回，他聊的是死刑。嚯，他居然同我聊上了死刑。"联合国近二百个会员国中，废止死刑的有一百多个国家。"大师侃侃而谈。

"我同意这样的观点：死刑的震撼力，小于终身监禁。如果，大家都过上了小康生活，活得好好的，为什么要享受终身监禁呢？但现在，还不行，终身监禁的条件还不成熟。犯人住进监狱，有饭吃，他为什么不住进去？所以，对那些罪大恶极的犯罪分子，还是要执行死刑。"

听他这么说，我想起了一位熟人，曾因为重案掉了脑袋。如果他活着，听到大师说这番话，会怎么想呢？

掐了半个小时的腰，我从床上爬下来，穿好鞋子，准备离开大师的诊所。可是，我刚走两步，右腿也疼了起来，疼得我一瘸一拐。

大师令我坐下，开始为我掐腿。又是阿是穴，"哪儿疼掐哪儿"。是的，大师为我掐腿的时候，又滔滔不绝地扯开了。这回，他聊的是爱情。嘿嘿，大师同我聊爱情！"爱情是什么？爱情就是心心相印。谈恋爱的时候，你看见女朋友打一把伞，心疼得会立即接过来。可是，结婚以后呢？女朋友变成老婆了，你就麻木了。她在厨房里烧菜，小孩子缠着烦她，而你却跷着二郎腿看报纸，用宜兴紫砂壶喝茶。"

大师说的是谁呀？我瞅瞅屋里没别人，脸倏地热了起来。

"有人研究过兔子。先给兔子吃一些高脂肪食品，升高它们的胆固醇。然后，把它们分成两组，一组的兔子有人爱抚，另一组则无人理睬。一周后，奇迹出现了：那些被人爱抚过的兔子，胆固醇降低了百分之六十。瞧，爱，就是这样神奇。"

我无言以对，只能龇牙咧嘴掩饰尴尬。

掐完了腿，我正式向大师告辞。我有几分心虚，不敢直视他那双目光如炬的眼睛。我一转身，正要离去，忽然头晕目眩，眼冒金星。天旋地转中，我惊叫了一声。大师手疾眼快，一把扶住了我，将我弄到了床上。我紧闭双眼，任由大师摆布。"躺好，我给你掐掐脑袋。"大师叮嘱我。

又是阿是穴？又是"哪儿疼掐哪儿"？

果真，大师开始掐我的脑袋了。我的肉脑袋，被他一把一把地掐着，掐得我哼哼唧唧，痛苦不堪。大师一边掐我，一边说我："你这个人啊，心事太重！你一进门，我就看出来了，非得把你全身掐一遍，才能彻底给你排毒！你说吧，你说哪儿疼，我就给你掐哪儿！"我不搭腔。随大师怎么说好了。

大师掐着我的脑袋，我处于半昏迷状态了。这种状态挺好，人间的任何烦恼，我都不想了。不想烦恼，真好。

"你喜欢看戏吗?"大师问我。

我摆摆手，算是回答。

"我建议你经常去看戏，到剧场去看，不要整天泡在家里看电视。电视是斗室文化，剧场是群体文化。躺在床上看电视的人，最容易孤独，上了岁数，就是老年痴呆！而到剧场看戏，现场感受观众的笑声，就容易满足潜意识里的精神需求！孤独的现代人，特别需要聚会！当然，更重要的是，看了戏剧，是为了走出戏剧。戏剧是以假当真的，你只需要让情感借助于想象力达到理想的故乡。"

我静心聆听，大师的话，已经入耳入脑了。

出乎意料的是，大师掐完了我的脑袋，并没有扶我起来，而是摆弄我的双脚去了。我的脚，并不疼啊，大师为什么要掐我的脚呢？

大师说："你别奇怪，有的时候，就需要头疼医脚、脚疼医头！像你这么忧郁的人，掐哪儿都是穴位。"

又是阿是穴吗？真叫我困惑不解了。顷刻间，我却感到经络畅通了。我恍然大悟：阿是穴的最高境界，就是大师想掐哪儿就掐哪儿。让他随心所欲吧。我索性闭上双目，静静地养神了。大师在我的耳边，不停地说着他想说的话。什么非物质文化遗产、临终关怀、高等教育、反恐怖袭击……他想说什么，随口就说。在他的催眠曲中，我有了倦意，昏昏入睡了。

市井人物·出门是江湖

可是,梦还没醒,黄昏就来了。

大师将我扶起来,告诉我,可以离开了。我神清气爽地离开了诊所。回头望望诊所的牌子,竟看见了四个闪闪发光的红字:话聊之家。

老王是个农民

秦德龙

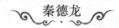

老王是个农民，一看就是个农民。老王的脸上虽然没有写着"农民"二字，但不能听他说话，一听他说话，就知道他出身农民。

比如说吧，他从来不说阳历，他只说农历。他不说阳历几月几日，他只说农历几月初几。他不说周几星期几，他只说初五、初六、初七……真不敢听他说话，一说话就土得掉渣，不是庄稼就是牲口，不是柴火就是大粪，唯一和工业沾边的，也是拖拉机。

当然，我们不是说农业不好。而是说，老王是我们单位的一块宝，有了这块宝，幸福很耐咬。因为，我们总是拿他当参照物，以提高心里的幸福指数。看见老王，我们就会想到自己是城里人，有城市户口。

但也不完全是这样。我们这些城市人，被钢筋水泥搞得头大，睡觉要吃安眠药，不睡觉要吃提神药。老王呢，却是吃饱了就睡，不见他有任何烦恼。我们曾经很绅士地问过老王："您每天都在想什么呢？"

老王回话很简单："我什么都没想，如果硬要我想的话，我就想，城里什么时候让养猪啊？"

听听，这就是老王，一副猪脑子。

老王啊老王，让我们说什么好呢？一天到晚，脑子里想的都是农业上的事。什么时候种小麦？什么时候该杀虫？粮食够不够吃？如何储藏蔬菜过

冬？下大雪的时候，他会想，圈里的羊会不会冻死？山头的雪何时融化？干旱的时候，他常常望着天空叹息，麦苗要旱死了，粮食要减产了……他只关心立春、秋分、寒露、霜降，他从不关心更长远更深刻的国内外大事。当然，这也不怨他自私，而是他真的没有能力。没办法，老王虽然生活在城里，可思维仍停留在乡村，停留在农历上。

有时，我也做出以农历说事儿的样子，和他拉扯几句农业、农村、农民的话题。我给老王背诵过《二十四节气歌》："春雨惊春清谷天，夏满芒夏暑相连，秋处露秋寒霜降，冬雪雪冬小大寒。"

老王激动地问我："你种过地？"

我哑然失笑。我告诉他，我往地里上过"人粪尿"。

老王见我涮他，并没恼。老王用一种很平静的口吻说："你没挨过饿，你不知道粮食的重要！"又说，"我看，就得让年轻人上山下乡，当几年农民。一个人，一辈子没当过农民，人生就不完整！"

听听，老王和我谈论人生。貌似农民的老王，居然和我谈起了人生。听着老王的训诫，我脑子里冒出了一个强烈的念头：老王就是农历精神的化身！

我请求老王给我讲一讲农历。因为，我意识到了，农历是许多人的精神符号，不然的话，为什么有那么多人和老王一样，抱着葫芦不开瓢呢？

老王乜斜了我一眼："我没有你会说，我没戴眼镜，也没读过大学。"

我脸红了，明白老王是在讥讽我。也许，我给老王出的题目过大了，他脑子慢，无法完成宏大叙事。

我换了另一种方式，虚心地向老王请教中国的传统节日，让他说说春节、元宵节、二月二、清明节、端午节、中秋节、重阳节、腊八节……

老王睨着我，一句话就把我打发了："你上网去查吧。"

看来，我进入不了老王的内心世界。我打量着老王，猜不透他心里想些啥。越是外表简单的人，越说明其内心富有。与其闭口不语，倒不如我卖几个玩意儿，请他评点。我拿定主意，随口说了几个国际共享的节日，问老王：

"这几个节日,您是怎么度过的?"

"这几个节日,我都不过。我只过中国农历里有的节日。"

"您的儿孙,过圣诞节吧?"

"在我们乡下,圣诞就是艸球!"

我哈哈大笑。老王说的土话我明白,"艸球"就是傻瓜。

"如果,中外节日我都过,只怕天天都要过节,一天甚至要过两三个节!"

"天天过节,不好吗? 您缺乏节日意识啊。"

"你不用激我。天天过节,人和人之间就没有距离了。"

我一愣。老王的话,很有哲理嘛。

老王盯着我说:"过节放假,你们都走了,不还得我看大门吗?"

老王说得没错。他是单位从乡下找的门卫,每逢过节放假,总是他留下看大门。我们这些节日意识很强的人,被他用农历精神保卫着。

我突然醒悟了,农历就是无轨列车,老王踏进了列车,不需要惦记是否走错了路。每到农历的一个节日,就是一站,其神圣的终点是下一个轮回。看看我们的身边,有许多像老王一样的人。他们每天都生活在农历里,用农历"看好儿",挑选着吉日,办各种喜事都是如此。

我和老王成了朋友。冬天里,我常常去门卫室找他,与他聊农历,聊节气。高兴的时候,我们就在一起唱《数九歌》:"一九二九不出手,三九四九冰上走,五九六九抬头看柳,七九河冻开,八九雁归来,九九加一九,耕牛遍地走!"

每天,我们都沉浸在农历歌谣的快乐里:

"九九杨絮落,鲜花开满坡;九九杨不落,芒种麦不割。"

"冷在三九,热在中伏。"

"吃了冬至饭,一天长一线。"

"清明前后,种瓜点豆。"

"清明乌鸦叫,谷雨种大田。"

"清明蜀黍谷雨花(棉花),立夏别忘种芝麻。"

"秋分早,霜降迟,寒露种麦正当时。"

…………

我有些羡慕老王了。真的,按农历过日子,挺好。

角瓜花

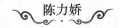

陈力娇

　　周奶奶爱种花，一到夏天她家的菜园就开满了花，有紫色的鸢尾，黄色的金盏菊，粉色的胭脂豆，白色的步登高，琳琅满目，摇曳多姿。

　　周奶奶有时摘两朵戴在我头上，一边戴一边夸我："多漂亮的小丫头，长大了准能找个好女婿。"可是周奶奶一转身，我就把她的花摘下扔了。

　　我不喜欢这些花，我唯独喜欢周奶奶菜园里的角瓜花。二明常给我蝈蝈，绿色的蝈蝈待在秫秸扎成的蝈笼里，什么花都不吃，专吃角瓜花。

　　二明常跟爷爷去乡下，一去就是半个月。半个月以后二明回来，会拎着两个蝈蝈笼，一个是给我的，另一个是留给他自己的。我的他为我挂在我家储煤的小屋檐上，他的则挂在他家晾衣服的绳上。这两个地方都矮。高了，我们够不到，那蝈蝈非得饿死不可。

　　可是有一天，我的蝈蝈叫得不那么欢了，像是病了。我拎着蝈蝈笼去找二明，二明看后说："它不是病了，它是饿了，它没有角瓜花吃了。"我问二明："哪里有？"二明说："周奶奶家就有，可是周奶奶不会给你。"我问："为什么呀？周奶奶可喜欢我了，什么都豁得出来。"二明晃着他的圆脑袋说："因为一朵花就是一个大角瓜，花给你了，角瓜就没了。"二明这些鬼话我不信，不就是一个角瓜花吗？会少了一个大角瓜？

　　我转身去周奶奶家。周奶奶家养了一条大黄狗，大黄狗先向我叫，然后

摇尾巴，这一摇就是同意我进去了。但我还是不敢，我怕我走到一半时它翻脸，大嘴一张还不把我吃了？我就用长棍子敲周奶奶家的晾衣绳，周奶奶家的晾衣绳是铁丝的，这面一敲屋里准听得到。周奶奶正坐在炕上做针线，听见动静伸头向外看，见是我，忙出来："小丫头，敲什么敲？有事快说。"我手指着周奶奶菜园里的角瓜花："就那儿。"

周奶奶看看我，又看看花，明白了，她说："你要什么花我都可以给你，就是这角瓜花不能给。我宁愿秋天给你一个胖角瓜，也不现在给你一朵角瓜花。"说着回屋取来一块长白糕递给我。

长白糕哪有角瓜花好？我的蝈蝈又不吃长白糕。我生气地离开了。

要不来，那就偷。

这天我和二明在周奶奶家的后菜园外转来转去。好不容易盼到周奶奶出去打酱油了，我们从板障子缝里把手伸进去摘角瓜花，我们一下子摘了三大朵，三大朵够我的蝈蝈吃一周的了。我的蝈蝈肚子大，嘴巴也大，它一口一口地吃着黄黄的角瓜花，像吃一张大饼。

一周以后，问题来了，角瓜花没有了。这还不是最大的难题，最大的难题是从周奶奶家的板障子再也摘不到角瓜花了，外边的都让我们摘了。

我和二明冥思苦想，也没想出办法，倒是二明上小学的哥哥大明为我们出了个主意，他说："从板障子可以跳进去。你们一个人喂狗，一个人摘花。"我们高兴极了，就等周奶奶什么时候出去了。

周奶奶家的酱油一时半会儿是吃不完的，周奶奶又不缺衣服。好不容易等到街道开会了，周奶奶去开会，我们的机会一下子来了。

我是女孩，又比二明小一岁，逗狗的事当然是我的了；跳板障子就是二明的了。我把家里妈妈准备中午吃的馒头拿出来，一个一个抛给了周奶奶家的大黄狗，大黄狗乐得摇头摆尾，它只顾吃了，看家的事给忘了。

二明趁狗不备爬到板障子上，一用力，跳了下去，摘了不下十朵角瓜花，从板障子缝一股脑儿都塞给了我。我忙把它们送回家。

谁知往外爬费劲儿了，二明使了好大的劲儿也没爬出来。首先是他上不去板障子了，周奶奶家院子高，菜园内却低，二明个子矮，他想象从院外往园内爬那么省事是不可能了。而那边的大黄狗吃完了馒头，想起了看家，它在向我们低吼，把拴它的绳子扯得一紧一紧的，二明都吓出汗了。好在院子里有个筐，二明把筐倒扣在地上，踩着筐一用劲，就上来了。

后来我们想，什么事是不能急的，一急准出毛病。就在二明好不容易上来，要往下跳时，他的衣服却挂在板障子上了，想上上不去，想下下不来，他就那么左蹬一下右蹬一下像钟摆一样挂着。直到周奶奶回来，才把哭得鼻涕一把泪一把的二明抱下来。一看二明，不但衣服被扯了个口子，脊背也被划出了血。

周奶奶一个劲儿后悔："这事扯的，角瓜花值多少钱！"

第二天，我看到周奶奶的板障子上多出个小门，刚好够我和二明通过。

绝活儿

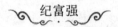
纪富强

在局里,我们这些写材料、搞宣传的常被比作偶像派,而那些干抓捕、搞审讯的则属于实力派。

冷教就是实力派中的实力派。

冷教姓冷,现任刑侦大队教导员,一米八五的身高,虎背熊腰的身板,超强精准的枪法,非比寻常的胆识,天生就是干刑警的料!

冷教自打穿上警服那天,就在刑警队摸爬滚打,一晃三十年过去,抓人破案无数,积累的经验像浓稠的蜂蜜一样让年轻后生垂涎三尺。

关于冷教侦破的大案实在太多,这里按下不表,倒是有件小事值得说来听听:

那是个滴水成冰的冬天,冷教下了班站在大队门口等车。因为刑警楼紧靠中心路,街上车水马龙人来人往,冷教正两手叉腰悠闲地左顾右盼,突听近处一阵急刹车声,一个青年连人带车摔翻在路边。

冷教几步上前扶起青年,青年早已吓得脸色发紫,嘴中求饶似的大喊:"冷叔,俺再也不敢偷车了,求求您放俺一马!"

冷教一听,心中暗喜,再看歪倒在地的摩托车,果然没插钥匙,于是像拎小鸡一样将青年抓回刑警队,不费吹灰之力破获盗窃案件多起,缴回赃车十余辆。

后来,该青年受审时交代,他有不少大哥兄弟先前都被冷教抓过,偌大个县城,特别是他们那条道上的流氓痞子,几乎无人不知冷教的名字,无人逃得过冷教的抓捕。他年轻、胆子小,刚出道,当时作了案正心虚,路过刑警队门前偏巧又发现冷教在看自己,不禁浑身乱抖手脚失控,一个趔趄连人带车摔了个四仰八叉!

事后,同事们打趣冷教:"以后别坐办公室了,天天站在刑警队门口守株待兔就不愁破不了案。"冷教听了不屑一顾,说:"这事不怨那兔崽子没长眼,怪只怪我自己长得丑,出来一站就能吓唬人!"

说到长相,冷教的确个性!冷教浑身粗枝大叶,头大脸宽,高耳长腮,眉毛粗斜,唯独一双眼睛虽小但盯人时常常射出吓人的光,让人不寒而栗。可谓赛得关公,却又比关公冷上三分。常人即使是同事,也难见他一笑。

有人说,这都是冷教长期干刑警落下的"病"。别说是坏人,就是好人让他盯一会儿,心里都冷飕飕直发毛!

其实说到"冷",冷教的长相还在其次,更冷的是他的脾气。

冷教行事向来雷厉风行、快人快语,最恨打官腔、摆架子、搞务虚,尤其对屡不开窍的后生更是接近于刻薄,甚至不近人情。

有一次省市两级高层领导前来视察,冷教作为破案统帅高度重视,亲自和内勤忙活了一天一夜,把材料准备得精致妥当。不料领导当日姗姗来迟,一不看案卷,二不听汇报,却围着警队厨房、浴室、厕所转了一圈,坐上车就直奔酒店。

冷教心中郁闷,饭局上觥筹交错,又听领导对警队厕所的卫生表达了遗憾,起因是领导去厕所时扶了一下墙壁,发现墙缝里有蜘蛛网。轮到冷教敬酒时,有人劝冷教把酒干了,让领导随意。哪知冷教接过话茬说:"厕所才是随意的地方,我们干刑警的一忙起来,经常连想随意都得憋着!大家多包涵,我这人没文化,还真不知道打扫厕所卫生跟提着脑袋破案有啥关系!"

一桌人全都呆愣当场。

像这样的事,冷教身上多了去了。或许正因如此,冷教的仕途并不顺

利。幸好冷教并不看重，对他而言，破一起大案跟立个大功、抓几个逃犯跟升官发财，他会毫不犹豫地选择前者。

用冷教的话说，破大案、抓逃犯，才能让一个刑警感到过瘾！冷教这些看似不近人情的"冷言冷语"和"冷面无私"，却也常常赢得了不少年轻民警的赞叹和崇拜！

毕竟冷教年龄大了，最近一次调整分工时，领导有意让他常驻郊区训练基地，说过去既可督促基建进度，也可顺便调养，是一种政治待遇。冷教破例笑笑，卷起值班时用的铺盖就去了。

可去了，接着又回来了。

县城新发一起特大绑架案，冷教着急上火主动请命，领导无奈只得答应。冷教一出，果然不同，他带人深入车站、KTV等人群密集场所，靠着众多眼线深挖线索，很快使案子水落石出，准确锁定了嫌疑人。

抓捕在一个午后展开，民警赶到时，狡猾的嫌疑人预感不好，一哄而散逃进了干涸的河床。冷教跳下车赤手空拳追在最前方，眼见对方越逃越远，他突然急中生智扯嗓子大吼："再跑我就开枪毙了你们！"说完分别朝着不同方向，用口舌连弹四声："啪""啪""啪""啪"……

说来神奇，四声舌弹在空阔的河床里听来直赛枪响！逃向四方的歹徒闻声相继抱头，一骨碌跌趴在地上。民警随即一拥而上，轻而易举就收拾了这帮虾兵蟹将。

——这个抓捕过程是不是太离奇了？根本就不适合在新闻报道里渲染。所以，我只能把它如实写进了小说。

时到如今我还想说：老天，那一刻，冷教真"冷"（Cool）！

穷人街

纪富强

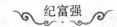

一条窄巷,两排矮房。

墙上开了小窗,巷里人来人往。

从前,我常从阳台上俯视这条小巷,感觉它像一根臃肿的肉肠。喧嚣又拥挤,琐碎而浓郁。

有一次,我见两个女人当街对骂,站在彼此门前,唾沫星子差点溅到对方脸上。最后,她们打起来,一个把另一个的乳罩撕掉了,耀武扬威地摇荡在手指上。

还有一次,我见一个小偷被人堵在巷子里,拼命跑却无路可逃,最后被各式腰带五花大绑地捆去派出所。那些押解者,提着裤子跟在后面,脸上写满了英雄神色。

在我们县城,这条小巷很不起眼,但绝对是个知名度极高的地方。人们叫它:穷人街。

穷人街,剃头的、掌鞋的、配钥匙的、批发烟酒的、叫卖凉皮拉面粽子臭豆腐的,应有尽有;每天嬉笑声、吵闹声、叫卖声、引擎声、喇叭声,声声不绝;在这里,只要不讲究排场,能一块钱吃饱,两块钱吃好;只要不十分挑剔,绝对能买到你想要的日用百货。

打比方说,炒一大盘土豆丝,六毛;买一化肥袋子卫生纸,三块;喝啤酒,

退瓶子的话，一箱子八块。

有一次，我家来了几个木工，请他们在此海吃一周，结果花销六十四块八毛三分钱。由于熟，老板直接让利三毛三！

搬家前，我很喜欢从阳台上鸟瞰穷人街。值得骄傲的是，我家住的这座四层小楼，是穷人街上唯一的高层建筑。有时我想，这座楼建在穷人街上，真煞风景呀！要是有辆铲车，我会将它夷为平地，换盖成平房，也刷上白漆，开了小窗，或出租或给自己做小买卖，那我就再也不用考大学了！

真的，我那时的愿望，就是长大了成为穷人街上的佼佼者。

可人总会变的。大学毕业后，我很少再去穷人街了。如果不是姜国，兴许我再也无缘跟它会面。

姜国和我，从小玩尿泥长大。那天突然出现，我竟不敢相认。他的身高体态属于典型的后来居上型。

姜国说他正在穷人街上卖猪肉。我恍然记起，他本就是那里的土著嘛！原来我少时的梦想，被如今的姜国实而现之了。

姜国找我，原因是他打了人，对方伤势不轻。他既怕坐牢，又怕花钱，而且他老婆正准备生孩子，哪敢吃官司？

我狐疑地问："出手那么重？"

"操他姥姥！"姜国张口就吓了我一跳，这还是从前的姜国吗？

"有人买我三斤猪肉，我的肉不够了，问刘麻子借点，他不借还拉走我的客——不欠揍？"

我是律师，忙问："当时有无旁人在场。"姜国说："里外全是人。""你有伤没有？""有一点。""认识哪个法医不？""好像有个老同学……"

"那好！"我说，"你快去医院找熟人，给自己做份鉴定，如果对方也去做，你就对法医动点脑筋。再不行，退一万步讲，你矢口否认打人，总之现在敢做证的人不多！"

姜国听得一愣一愣的，眼睛瞪得大过铜铃，满脸的不可置信。我催促说："现在轻伤就涉嫌刑事犯罪，还不抓紧去办？！"

姜国匆匆去了。临行前，再三叮嘱我先去做做刘麻子的工作。

来到阔别多年的穷人街，我内心百感交集。县城发展迅猛，已经到了与穷人街势不两立的境地。

在一排洗头城与按摩房中间，我找到了刘麻子的肉店。

却大吃一惊。竟是刘铜！过去，这个身高一米八多的帅哥可是穷人街上鼎鼎有名的人物。他丢了半只耳朵，只为独身擒拿三个小偷；为了追求女孩，被捅伤过苦胆；他会拳击，霹雳舞跳得出神入化……

怎会沦落到卖猪肉呢？刘铜并不认识我，但很热情。尚未弄明我的来意，便着急将我引荐给正在隔壁搞按摩的老婆。奇怪，刘铜的老婆真丑。但似乎，刘铜对她奉若神明。寒暄后，两人非要留我吃饭。我推辞不掉，就去街边买了一只烧鸡、斤半豆腐回来。

刚坐下，我正在想怎么措辞，天知道姜国来了！我紧张得很，生怕他们再打起来，就频频给姜国使眼色，不料他一声不吭在桌子边坐下来！

气氛缓缓沉闷，大有千钧一发之势！

突然，姜国和刘铜两口子就像三台散架的破机器一样，爆发出了惊天动地的大笑。我本就神经衰弱，被他们险些搞得窒息。我注意到，姜国的鼻毛几乎伸进了嘴里，刘铜有着一口四环素牙，而他老婆，大概因为刚吃过黄瓜，舌苔都是绿色的。

我被他们耍了！

我忘记了这里是穷人街！

我为自己先前的紧张和世故深感惭愧！

幸好，他们找我真的是有事。穷人街要拆了，他们要我做代表跟市政谈判……那一天，我们喝得天花乱坠。后来不知怎的，屋子里聚集了越来越多的人向我敬酒。我甚至担心会不会把穷人街上的肉和酒都吃光了？

如今又是华灯初上，当我再次凝望以前穷人街的地方。那里的灯海，正同我此刻的内心一样：

一片绚烂，一片温暖。

市井人物·出门是江湖

尚 红

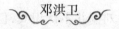
邓洪卫

　　这发廊临街,宽宽的门面,宽宽的匾额,黑底红字的"尚红发艺",冷艳逼人。老板娘叫尚红。个子不高,瘦瘦的,扎一束粗粗的马尾辫子,俏皮地翘在脑后,低下头来,正好遮住半边脸。黑色或红色的T恤束在腰间,泛蓝泛白的牛仔短裤裹着翘翘的臀,黑色网状丝袜罩着细细的腿,连跟白色凉鞋垫起身高。精神,活泼,还有点卡通。

　　她的脸并不柔和,棱角分明。岁月已经越过她四十岁的坎,继续向上延伸,正如眼角的鱼尾纹,日渐深刻。客人们还是假话真说一本正经:"你呀,三十刚出头吧。"她咯咯地笑着,说:"奔五啦。"客人侧过脸,扬起眉毛,惊讶地说:"不会吧,最多也就四十吧。"她说:"是呵,过了四十,就奔五了。"客人看着镜中的尚红说:"四十九也是奔五,四十也是奔五,差远哩。"

　　她和客人说话的时候,老公就坐在临窗的位置精神抖擞地上网打游戏。发廊不大不小,两侧都是一溜的镜子,一溜的椅子。最里面是水池,洗头的地方。门的左侧是吧台,里面一台电脑,可以上网打游戏。电脑音量不大,但老板心潮澎湃。这老板头发不长,似黄似黑,特别是前面的毛发,稍长一些,呈一定的弧度,陡陡地立起,很见精神。面皮是健康的小麦色,唇上光光滑滑,颔下一团短髭,颇具明星范儿。大红T恤,上绣白色骷髅,牛仔七分裤,白色运动鞋。跷腿晃脚,胸有成竹地移鼠标,敲键盘。

来客了。如果是男的，老板不动。小学徒过去，带客人到里间洗头，洗完了，坐在一旁静静地等。如果来客是女的，老板会站起来，把客人带到另一侧的镜子前，帮着客人剪头或染发。这两口子分工明确，男的做女的生意，女的做男的生意，井然有序，毫厘不爽。

马上胡走进来的时候，老板正在电脑上精神抖擞地打游戏。尚红也在一个男客人的头上忙活，接近尾声。她见有生客进来，礼貌地点了点头，说声"你好"。刚想把眼光收回，却发现了异常。这虽是生客，却不是第一次见。熟人，曾经熟得不能再熟的人。

二十年前，尚红在一个乡镇理发店学徒，爱好文学的马上胡高考落榜，在乡政府做临时工，给乡政府写写公文，抄抄文件。理发店就在乡政府旁边，马上胡经常来理发、刮脸。一来二去，就跟尚红熟了。尚红是怀春少女，从心底喜欢上了一身书卷气的马上胡。马上胡曾在学校谈过一女友，那女友考上了学校，把他甩了。所以马上胡经受着高考落榜和失恋的双重打击，情绪正低落着，尚红的爱情给了他一丝安慰，使他振作。马上胡爱看书，尚红就拿出钱买书给他看。马上胡看书多了，想当作家的愿望就更强烈了，尚红拿出自己的积蓄，让马上胡到县文化馆拜一个写淮戏的编剧为师；一年后，又拿出自己的积蓄，让他参加省里的作家班；又过一年，马上胡拿了尚红的一笔钱到京城的鲁院学习，再没回来。多年过去，尚红自己做起理发店的老板，并把店开到了市区。而马上胡留在京城成了一位著名作家兼书法家。脑袋上顶着各类头衔的马作家，经常参加社会活动，随便耍耍嘴皮子，随便摆摆手腕的一幅字也能值个上千上万。

那日，尚红认出马上胡。马上胡变了。早不是小镇上的白面书生。他的脸比以前要圆，面色不似先前的寡白，而是白里透红，显出舒适优越。头发不再是小分头，而是飘然长发，最突出的，是颔下一团短须，跟尚红老公的相仿。衣着也十分讲究，中式对襟短袖衫，脚踏敞口布鞋，很有作家和艺术家的风范。

马上胡也认出了尚红，不由一怔。他今天应邀回家乡参加一个重要的

文学研讨会,作为本地走出去的文化名人,他要登台讲话的。开会的场所就在附近,还有些空余时间,他偷偷溜出来看看街景,看到旁边一个发廊,写着尚红发艺,他想都没想就进来了,他想把自己的美须修得更体面一些。他一贯注意自己的形象。可他没想到老板娘竟是尚红。

尚红忙完了这个客人,招呼马上胡坐到镜子这边来。马上胡坐过去,尚红问:"理发吗?"马上胡说:"不要理发,只把我胡须理一下,理得更整齐些。"尚红说:"好的。"她拿过围布围在马上胡的脖子上。又拿起剃须刀,先在马上胡的上唇间刮了刮,把他上唇间的胡子茬刮得更干净些,然后,修理他下巴上的胡须。下巴的胡须并不浓密,好在不浓密,才透出文气,如果浓密,那就是匪气了。尚红整理胡须的时候,马上胡不敢正眼看尚红。他心虚,他理亏。想起二十年前的背叛,他还是感到羞耻的。当年,写文章学书法都很辛苦。现在,功成名就,他的生活充实而轻松,抬抬手腕就是钱,出出场子也是钱。所以,跟二十年前相比,除了稍胖点儿,他没有太大变化,还是那么年轻。而尚红老了,二十年前那个年轻俊俏的小姑娘已经不见了。马上胡闭上眼睛,他的内心在忏悔。

可等他睁开眼睛的时候,看到镜子里的自己,不由大吃一惊:他的项下干干净净,一根胡须都没有了。他摸了摸下巴,是的,那里光光滑滑。他低下头,看到面前的围布上,一团稀稀拉拉黑黑糊糊的东西软软地落着,他的心隐隐地疼了一下。

或许,他应该发作,大喊一声:"我的胡须呀!"可是他没有,只是默默地抖掉围布上黑黑的一团,然后起身,解下围布,走出发廊。

那边,老板仍然在精神抖擞地进行他的游戏大战,忽然一拍桌子。尚红知道,他又赢了一局。

责 任

谷·凡

　　好多年了，他没有时间来父亲的店里。最近物价上涨，父亲一直说店里的生意不好做。他让父亲把店关了，可父亲又这原因那问题地不肯关。父亲的小店不大，总共有七八张桌子。哑叔是父亲得意的厨子，从父亲的小店开业没多久，他就一直跟着父亲。那时哑叔还是个十六七岁的男孩，现在的哑叔，已是十六七岁男孩的父亲了。哑叔的孩子正在上中学，听父亲说那孩子学习很好，他想一会儿见到哑叔，一定夸夸他的孩子。

　　他走进店里，父亲正低头算账。他没打扰父亲，找了一个空位子坐下。服务生过来问他吃点什么，他想起了哑叔的烩面，就要了一份烩面。他喜欢哑叔做的烩面，筋道，有嚼头，还有汤里那股浓浓的羊肉味儿。记得在外地上大学时，回到家里的第一件事，就是要吃哑叔的烩面。

　　有好多年了，他没再吃哑叔的烩面了。偶尔也想，但总是想想算了，因他吃的好东西也多了，渐渐地就把哑叔的烩面忘了。

　　父亲的店没有什么太大的变化，人老了就是跟不上形势，这样的店除了老食客没人愿意来。

　　父亲抬起头，看到坐在那里的他，这时他的烩面也被服务生端上来了。父亲的眼神没什么特别的，看到他和看到其他客人一样，然后又开始忙手里的活儿。他慢慢地吃着烩面，觉着有点儿硬，又觉着汤的味道有点变了，总

之不是原来的味儿。这份面他无论如何是吃不完的,那时他一次吃两碗,今天一碗也难吃完了。他想哑叔知道他一次吃不完一碗面肯定难为情,因为小时候哑叔做的面他吃不完一碗,父亲总是拿哑叔说事。

没有过多久,哑叔从后厨出来了。他肯定是接到了父亲的情报才出来的。哑叔比原来壮实了,戴着白帽子,手里拿着擦汗的毛巾。看到他,哑叔的笑容是那么的彻底,那么的真切,好像在说:你小子怎么不来吃我的烩面了? 他从座位上站起来,让哑叔坐到他的对面。哑叔看到了他的那份面,他马上低头大口吃起来,嚼着嚼着,突然感觉面味又香起来了。

哑叔看他的眼神很亲切,好像他就是亲侄子一样。哦,对了,哑叔是没有亲侄子的,因为哑叔哑,所以,他的身世谁也不知道。父亲遇到哑叔时,哑叔一个人在街上流浪,父亲那时为了节省钱,每天天不亮就骑自行车去批发市场买菜。那天他买的菜多,自行车推不稳就摔倒了,哑叔就过来帮忙,帮父亲把车推到店里。父亲让他饱饱地吃了一顿饭,就让他走了。没想到哑叔每天都在那里等父亲的车路过,等着父亲把他带到店里吃一顿饱饭。就这样,他被父亲留在了店里。

他和哑叔没什么交流,两人只是对着笑笑,然后,他把吃光的面碗对哑叔举了举。哑叔笑了,起身准备再去做一份。他拉住了哑叔,拍了拍自己的肚子,说:"吃饱了。"

哑叔起身又去后厨忙活了。望着哑叔的背影,他有那么一点点感动,如果哑叔当初不是遇到父亲,那他现在是不是还在街上流浪? 他想着,就把目光投向父亲。

父亲的事情好像总也忙不完,他叫了一声"爸",父亲这才拿了他的茶壶慢悠悠朝他走过来,坐到了哑叔坐过的位子。说实话,他很心疼父亲,几年前父亲大病时,他劝父亲把店关了,父亲说他刚参加工作没几年,哑叔的孩子又该上学了,怎么着也得再撑几年。

他想,父亲见他的第一句话肯定是"你今天怎么有空来店里",他准备着回答父亲,但父亲没有问。父亲把烟拿在手上准备点燃,习惯性地扫射一眼,注意到旁边有一对母子在吃饭,又把点烟的动作取消了。

父亲的样子让他有点难过,他的脸已经太过老相了,大块大块的老年斑,让父亲的老相更加坚固。他想说:爸,生意不好做,把店关了吧! 可嘴里说出的却是:"我已买好一套房子,一楼,带院子,您和妈……"他的话没说完,就被父亲打断了,父亲说:"我也想关了这店,可……"父亲的语气让他感觉还有什么难办的事情,他想不出,关个店,还有什么难的,又不需要谁批准什么。

父亲端起杯子喝水,拿杯子的手有点发抖。他开始自责,心里莫明其妙地痛了一下。父亲说:"等等吧! 等你哑叔的孩子大学毕业,再说关店的事。"父亲的话不多,也不重,却像锤子一样,砸在了他的心里。

老黑和老白

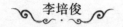

李培俊

老黑

老黑虽然姓黑,人却长得很白,皮肤也十分细腻,嘴唇上一根胡子也不见。大远看去,那就是个正儿八经的娘儿们。到了跟前,看清人脸了,看清脖子上粗大的喉结了,这才长长地"哦"一声——是个爷儿们啊。

年轻的时候,老黑在前边走,屁股后总有姑娘跟着,三楼叶家的老大叶宜,四楼刘家的二姑娘小芬,还有邻边水文队楼上的三妮。叶宜说:"黑哥,你这是去哪里呀?"老黑说:"买菜。"叶宜说:"正好,我也去买菜呢,厮跟着吧。"老黑想去看电影,刘家小芬慌忙跑到影院,把票买下,自己兜里装一张,悄悄塞给老黑一张,号是连着的。一楼的王老师曾经预言:"老黑这小子命犯桃花,日后非栽在女人身上不可。"二十七岁那年老黑结婚,叶家老大、刘家老二、水文队的三妮狠狠哭了一场,这才分别把自己嫁了。

王老师一语成谶,四十八岁本命年,老黑结结实实栽了个跟头,也确实与女人有关。

老黑在市群艺馆供职,画花鸟虫鱼,拿过一个大赛银奖。画花鸟虫鱼就画花鸟虫鱼呗,可老黑人到中年后却迷上了人体艺术。搞人体艺术得有模特,群艺馆美女如云,凭老黑的长相和人缘,自然不是什么难事。文艺部的张怡然就当了老黑的人体模特。一来二去的,除了画画,两个人还来点别的,麻烦就出来了。张怡然的丈夫探知妻子红杏出墙,和老黑黏在一起,逮住老黑,一板砖拍下去,老黑额角那儿便留下核桃大一块难以磨灭的印记。

　　出了这档子事,老黑觉得没脸在城里待下去了,要到乡下去住。当然这只是原因之一,老黑觉得在城里住着憋气,闷,和农村实实在在的花鸟待在一起,创作生涯也许会有一个大的突破。好在老黑已经离婚,儿子跟前妻走了,这就给老黑留下了充分自由决定的空间。说走就走,老黑选择了湖桥镇。

老白

　　老白在湖桥镇也算是个能人,只是人长得太黑,黑得滋腻,像个非洲人似的。因为人黑,自小就不惹人待见,谁见了都说,这孩子,咋和他的姓反着长呢?日后咋找媳妇呢?

　　老白人虽黑,心却透亮,他知道镇上人不待见他,就想活出个样子让大家看看,黑咋了?我比你们活得自在!老白三十多岁了还没说上媳妇,见一个黄一个,见两个黄一双,为啥?

　　太黑,正常人没这个样子的。老白也不急,每次相亲后,都要在心里狠狠说一声:走着瞧,日后我要让你们这些薄眼皮的悔青肠子!

　　老白租下三十亩地种起了大棚菜,不出五年,竟成了湖桥镇首富,腰包鼓得啥似的。很快,那些嫌老白黑的姑娘托人上门说亲,情愿一分彩礼不要,嫁到老白家。老白说:"凡是以前见过的姑娘我一个不要,眼皮太浅。"很快,老白就找了个二十三岁的姑娘,把婚事办了。结婚当天,他对妻子说:"以前谁都看不起我,嫌我黑,黑咋了?有能耐才是最最重要的。"而后宣布,咱搬到城里去!

　　老白买的是老黑家的二手房。

老黑呢,在湖桥镇买的是老白家的两层小楼。两个人的房子作了互换,谁也不找谁钱,吃亏便宜也就算了,各得其所,便是各有所值。

老黑和老白

老黑在乡下,老白在城里。老黑每日携了画夹,画鸟,画花,画草,画新房,画老房,也画镇上的姑娘。这一切画遍,老黑渐渐觉出了枯燥。不,不是没啥可画的那种枯燥,而是没着没落、无根无底的那种枯燥。躺在湖桥镇的木床上,老觉得无滋无味,人生虚度,整夜整夜睡不着,老想过去城里的日子,那日子才是属于老黑的,才是老黑想过而应该过的日子。老白呢,在城里的新鲜劲儿也已过去,城里也没什么好呀,不就是车多点、人多点、楼高点、路宽点嘛,哪有湖桥镇有山有水得劲儿。再说,城里有钱人多的是,自己那点钱在这里狗屁也不是,哪像在湖桥镇,被人众星捧月一般舒服?老白也失落,也难受,想回他的湖桥镇了。

老黑和老白又一次碰面,是在城里某家饭店的餐桌上,吃着火锅,喝着二锅头,各诉衷肠。老黑说:"老白,我还想回城里住,你呢?"老白说:"我在城里也住不惯,想回湖桥镇。"老黑说:"那咱重新把房子换回来?"老白说:"行,我早想这样了,怕你不同意就没张口。"

两人一拍即合,当即找来纸笔,写了互换协议。

老黑又回到城里。

老白又回了湖桥镇。

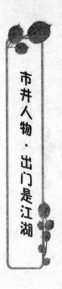

牡丹烧饼

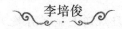
李培俊

我喜欢吃烧饼,是小时候养成的毛病,换句话说,是小巷里那个打烧饼的给惯出来的。听我妈说,我小时候特爱哭,哭起来没头没尾没完没了,从早上哭到中午,再从午后哭到天黑,第二天接着再哭。没什么缘故,就是爱哭。我妈说,那天,她抱着八个月大的我上街,走到烧饼炉那儿,我正哭得泪儿巴巴地,突然就不哭了,小眼珠扑闪几下,盯着筐里的烧饼,口水一嘟噜一嘟噜的。

打烧饼的塞给我一个烧饼,面手在我头上摸出一片白,说:"小家伙,想吃烧饼了,是吧?"

从此我再没无缘无故哭过。

打烧饼的男人姓鲁,大家叫他小鲁。那时小鲁年轻,二十五六岁,生得高高大大,方脸,眉眼间挂着一抹宽厚的笑意。无论寒暑冬夏,小鲁的烧饼炉旺旺的,火苗从黄泥圈里蹿出来,把小鲁的脸映得金红金红。小鲁把面倒进发面盆,兑上水,揉得筋筋道道,在案板上揪成一个个面团,再擀成圆形的面饼。上炉前,小鲁取出个木制模子,在面饼上按一下,面饼上便有了一朵牡丹花,两边两片小叶,很是好看。

烧饼烤好,一股香气串出来,在晨空中弥漫飘荡,染香了整条小巷。

我们那茬孩子早餐不在家吃,向家长要两毛钱,奔了小鲁的烧饼炉。我

们交代小鲁:"叔叔,多给我放点香油啊。"小鲁便笑了,答应说:"好、好,咱多放些香油。"有时,他还真就往面饼里滴了一滴香油。我们也笑,占了多大便宜似的。

到了十点,买烧饼的高峰过去,小鲁擦一把额头上的汗水,在一条粗木板凳上坐下来,取出个黑不溜秋的茶壶,仰了头,闭了眼,"啾"一口、"啾"一口喝茶,一副怡然自得的样子。

小鲁的烧饼火候掌握得很好,背面烙,正面烤,焦黄酥脆,牡丹花凸起来了,叶子凸起来了,真花一样在烧饼上显现出来,单是看,就十分养眼。

可那天,小鲁却把烧饼烤煳了。他没远去,就在烧饼炉前站着,望天上的云彩。云彩是灰色的,小鲁的脸色也和云彩一样灰。炉子里冒出黑烟了,小鲁才猛醒过来,忙拿铁钳去夹烧饼,夹起一个焦黑的烧饼,"啪"一声,扔到路边水沟里,再夹一个,"啪"一声,又扔到水沟里。一边扔一边说:"打烧饼的咋了? 打烧饼就低人一等? 真是的! 你看不上我,我还看不上你呢!"听大人说:"小鲁的对象嫌他,和他吹了。"

后来,小鲁的烧饼炉旁边多了个汤锅,卖绿豆面丸子,来买烧饼的人更多了,盛碗酸辣咸香的丸子汤,把烧饼掰进去泡了,撒上香菜末,吃出一头细汗。卖丸子的是个姑娘,模样很是耐看,经开百货店的大妈撮合,丸子姑娘嫁给了烧饼小鲁,日子过得相当滋润。

后来,小鲁就成了老鲁,腰弯了,背驼了,脸上沟壑纵横,皱纹满布,显得更加慈眉善目。老鲁一双儿女都出息了,一个在北京某个部委工作,一个在深圳当白领。巷子里的人说:"这双儿女是老鲁打烧饼供出来的。"

过年时,深圳的儿子开着一辆明光黑亮的轿车回来,要接老鲁去享福。得知老鲁要走,一巷人都哭了,拥到老鲁家,都说:"你走了,我们去哪儿吃烧饼?"可老鲁还是走了。儿子把他塞进轿车,"呜"一声开出了小巷。

老鲁一走,小巷就空了,寂了。人们心像被谁掰掉一块,经过烧饼炉那儿,都要朝那儿看看,长长叹一口气。

没过几天,烧饼炉又原地支了起来,老鲁像从天上掉下来一般,把个小巷轰动了。相熟的街坊就问老鲁："你不是去儿子那儿享福去了,咋又回来了呢?"老鲁笑笑,说:"那福咱享不了,那么高的楼,上不着天,下不着地,把我憋疯了,哪有打烧饼自在。"

一巷人都围到老鲁的烧饼炉前,看老鲁生火,看老鲁和面,看老鲁擀面饼,看老鲁压牡丹花。孩子们上学的时候,叽叽喳喳围了一圈。"鲁爷爷,多给我放点香油啊。"老鲁笑笑说:"行行,咱多放点香油。"老鲁掂起油瓶,果真往面饼里滴了香油,滴得还挺多。

周南驿

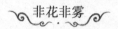

非花非雾

一定有这样一位女子。她叫周南驿。

几年前,我正在博客上浏览,看到一位叫周南驿的女子的头像在访客之列。周女子短发内扣,护着小巧清秀的一张脸,五官精致,神态纯雅。她应该是那种骨架细巧的女孩,身材必然修长苗条。

再看她的身份介绍,原来是洛阳周姓世家的大小姐,名南驿。小小的年纪,便是文化酒店的经理。她的博客里贴着周南驿文化酒店的场景图片,周南驿的开业庆典图片,还有对周南驿文化的阐释:古代驿,又称邮驿、馆驿,其主要职能是传递军情、政令、信件、接送官员、转运物品。周南驿是中国最早的驿站,西周初年,周公营造洛邑(今洛阳),成王定都于此,谓之成周。为传递诏令,迎送诸侯,遂设馆驿于洛邑之南,谓之周南驿。我哑然失笑,自己犯了望文生义的毛病。周南驿小姐可以姓周,未必叫南驿的。

周家的酒店随着驿站文化传播着,香鹿驿开业的时候,她又满博客在说香鹿驿了。我问她:"这些驿站酒店是你们周家独资的吗?"她回道:"周氏家族投资,我来经营。"

芙蓉楼开业的时候,她邀请我去,留了个电话号码,让我去的时候联系,有专人接待。我十分想去看看那石磨现场磨面粉,还有各种特色饺子是什么样儿,因故没有去成。周南驿的"周南驿""香鹿驿""芙蓉楼"成了我向往的地方。

我常在博客上与她互通款曲,在洛阳,有这么一位餐饮业的美丽才女惺惺相惜,真是三生有幸。

后来看到她博客上写的《一本古书的九世奇缘》,再后来有了《因为爱她,我选择独身》。我以这两篇博文为题材,改写了两篇小小说,都发表了。

我越发认定周南驿是多么传奇的一位女子呀,父亲是洛阳酒店世家周家的公子,母亲是世代茶商王家的小姐,父母在上海高校同窗共读,结成伉俪,在杭州生下周南驿。她自幼生长在杭州外婆家,自然蕴足天堂水的灵气。她会讲英、德、法、韩几种语言,对中国古典文化有很深的造诣,为了周氏家族的酒店业,她又在北京学习酒店管理。她为了自己最初的爱,也是唯一的爱而选择单身!

震撼,此女只应天上有!

秋天,甄诚教授约我到周南驿与文人雅聚。在"驿站文化博物馆"的牌子前我驻足好久,对文化的肃然起敬,让我生怕举止失仪。

周南驿中的情景,与周南驿小姐在博客里描述的一模一样。从迎宾到前台,女孩们个个清雅,哪一个女子是周南驿小姐呢?

我在女侍引领下缓缓走进"车马司",座中满是洛阳文化名家,全是男士,当然没有一位是周南驿小姐了。

我向老总张耀光先生询问"周南驿"其人,询问他,酒店里是否有如此这般一位才女,姓周,或者姓王……侧耳静听半天,他说他已经是冰雪糊涂了。

我向甄诚教授要才女周南驿,他顾左右而言他。

座中达人说:"周南驿文化是大家策划的。"

他们策划了驿站文化,又在策划伊尹文化,难道,"周南驿"小姐也是策划出来的吗?但我坚信,一定有这么一位女子,她不是众人拼接起来的虚构,因为那博客之后必然有一个与众不同、独具个性、冰雪聪明的灵魂支撑。

我发飙站起来:"那文章是谁写的,博客是谁打理的? 不会是一位普通的员工吧?"

耀光先生说："谁策划了文章，谁改写了文章，谁喝一杯。"甄诚教授无奈地笑起来："当然，当然，那文章没有十年功力，也写不出来。"站起来与我干了满杯。

在周南驿没有见到才女周南驿，我念念不忘。有一天，我去外面联系公司业务回来，一楼前台叫住我，说一位姓王的先生，受人拜托，来拜访我。因我不在，没有上楼，也没有留电话。

"姓王的先生？是谁呢？"我沉吟。

前台的丫头突然想起："王先生说跟甄诚教授也是朋友。"

我马上打电话给甄教授，他说周南驿小姐现在一心向佛了，曾在西藏住了三个月。现在又到陕西某地礼佛去了，委托她的至友王先生来看我。

我遗憾与才女所托之人失之交臂。

第二天一早，我便接到甄诚教授的电话，说在博客上看到一则感人文章《洛阳城里寻非花》。

那是"莲花岛主"的博文。才女周南驿已经化身为观音的俗家弟子了。也许，入世出世，往来自如，才是这样不凡女子的修为吧。

静下来，我还是疑惑：也许，才女周南驿真的是他们策划出来的人物？

我今夜打电话给甄诚，问究竟有无其人。他说："人家不是去看过你吗？我们正在一起吃饭。"我问："饭局上究竟是周南驿小姐，还是周南驿老总？"

甄诚教授已喝高了，他有个习惯，喝高了就关机。

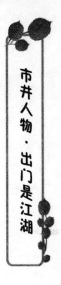

平静的早晨

崔　立

　　这是一个平静的早晨。才八点多，因为是星期日，马路上的行人，并不很多。

　　他就坐在马路一侧的一家小餐馆里，慢条斯理地吃着早餐，间或，会看一下对面。

　　小餐馆的对面，是一家银行。

　　时间又过了几分钟。银行的大门，徐徐地打开了。有一个保安，看上去年纪有些大，打着哈欠，拉开了卷帘门。保安的腰间，别着一根黑黑的棍子，不停地在晃动着。

　　这家银行的位置，有些偏远，来存钱取钱的人，一直不是很多。

　　今天也不例外。三三两两地有人进去，他数了数，也就七八个人。

　　早饭，他吃得也差不多了。他摸了摸随身带着的公文包，刚琢磨着想站起身，就看到惊人的一幕，一个男人，以极快的速度，从马路这边跑到了银行那边。在银行的门口，男人的手中，突然就多了一把枪。然后，他就看到男人打倒了那个年老的保安。那几个存取钱的人，缩在了银行的一角。男人把枪又对准了柜台内的几名工作人员……

　　他坐的座位，视线正对着那家银行，整个过程，他都看得清清楚楚。他简直看呆了。他摸着公文包的手，不由自主地缩了回来。

餐馆里的许多人都看到了这一幕,有人颤抖着手,拨通了110,说:"我报案,这边的一家银行,有劫匪,地址是……"

他眼睛一眨不眨地看着银行里的那个男人。他看到那个男人在叫嚣着什么。估计是在问他们要钱。他还看到,果真有钱,从柜台里递了出来。那个男人接过,似乎是嫌少,又比画着手中的枪。

警车很适时地赶来了。五辆警车,一字排开,把银行门口全部包围了。

他的心头猛地一惊。警车比他预想中的来得要快。那个人报案时,他看过时间。他原本算过,一辆车从公安局开过来,按着实际距离测算,应该需要七分半钟,但这些警车,刚五分钟就到了。

真的是快!他的脸莫名其妙地抖了一下。

那些警察,已经把银行包围得水泄不通。有一名警察,应该是里面的头,站在银行门口,拿着喇叭喊:"把人质放出来,你有什么要求我们都可以满足。"那个男人脸上布满恐慌,他也许没料到警察会来得如此之快吧。男人有些气急败坏,说:"你们赶紧撤走,还有,给我一辆车,要加满油的。"

一名领头的警察喊了声:"好,别激动。"手挥了挥,许多警察都纷纷往后撤。

仅仅三分钟,一辆车就被送来了,停在了银行的门口。

但与此同时,他分明看到,在对面的银行屋顶上,匍匐着几个穿迷彩服的人,他们的手里,都握着枪。枪口,正对着银行的门口。

他的脑子里迅速闪过三个字:狙击手!

原本在银行门口的警察们,早已经散去。

那个男人,手里拿着枪,枪口顶在他前面的一个女人头上。女人颤抖着,眼睛闪着泪光。女人的整个身体,阻挡在男人的前面。这也是男人保护自己的一个举措。男人的手里,还拿着满满当当的一袋东西,里面,应该塞满了钱。

男人拉开了那辆警车的门。男人喊着让女人先进车子,女人的整个人都进去了。仅仅是瞬息之间,男人的头,几乎是以最快的速度往车里缩,但还是来不及了。就听见一声刺耳的"砰"的声音，男人的头上，顿时像开了一朵艳丽的花儿。男人软了下去，慢慢躺倒在地。

恍恍惚惚间，他看到有警察在来来回回地走，他还看到几个保安在冲洗着地上的血迹。

不知何时，他的额头上已经满是汗水。他不自觉地擦了擦汗水，再定睛往窗外一看，警察不见了，保安也不见了，来来往往的，都是行色匆匆的路人。

就好像在一个瞬间，一切都恢复了平静，平静到似乎这个早晨，什么事儿都没发生一样。

他的心头，却始终平静不下来。

他在那里，又坐了好一会儿。

最后，他离开了小餐馆。

他没有带走那只公文包，他觉得，已经没有必要拿了。

公文包里，有一把仿真手枪。

一把足以乱真的仿真手枪。

市井人物·出门是江湖

一声吼

凌可新

　　王九从小胆子就小,容易害怕,逮什么害怕什么,甚至连一只蜗牛、一条蚯蚓,都能把他吓得半天不敢喘气。如果碰到一条蛇,王九干脆就会眼珠一翻,晕将过去。王九的娘愁了不知多少回,觉得这孩子,将来只怕不会有什么出息了。

　　其实王九也认定自己不会有出息了。蜗牛蚯蚓啊什么的,他是想不怕它们的,可由不得他。一害怕王九就哆嗦。一哆嗦就像是天和地也跟着哆嗦一样。上初中时,同学给他取了个绰号,叫哆嗦。

　　长大了,王九还是容易害怕,虽然见了蜗牛蚯蚓什么的没事了,但蛇还是不行,陌生的狗也不行。这个还容易对付,见了蛇和狗你躲开就是,但王九更害怕的是人——那些脸上长着横肉,说话扯着嗓门的人,如果他们手里再玩弄着刀子之类的东西,王九是一定要哆嗦的。

　　王九的第一个女朋友就是因此而离开他的。

　　他们谈的时候,女孩一点也没看出王九胆小来。王九长得挺好,个子也不矮,一眼看去,不是帅哥也近似帅哥了。所以女孩很依恋他,都山盟海誓了。但有一天黄昏,他们到公园去亲热,正热乎着,有一只大手伸了过来,跟着大手过来的还有一句话:"哥哥,别光顾自己快活啊,给点吧?"

　　王九抬眼一看,是个黑脸男人,个子不高。他一手伸过来,一手插在裤兜里。王九迷糊了一下，说："给点什么？"黑脸"哼"了声，说："假装傻瓜吧？除了钱，还有什么值得我黑三伸手的？"黑三是登城有名的人物，他一报名，王九就哆嗦了一下，眼睛去看女孩。女孩这时倒平静，有王九在，该如何，用不着她。

王九很想掏出一把钱来给黑三的，因为他害怕了。只是如果掏了，日后他在女孩心里的形象就完蛋了。所以他犹豫起来。黑三"哼哼"冷笑，说："舍不得钱也成，你让我摸你女朋友一把。反正钱和人，都是一把的事儿。"王九说："不能再有别的选择了？"黑三说："有。就是你把我打趴下。"

王九打量黑三，如果打趴下他，应该没多大问题，但可能后患无穷。他把一把钱掏出来，小心翼翼地放进黑三的手里。黑三数了数，说："便宜你了。"扬长而去。王九回脸看女朋友，才发现人家已经悄悄走了。

王九失恋了。失恋的原因是他害怕一个叫黑三的人。一害怕，就尊严全失。王九沮丧、痛苦。回家娘问他咋了这是，他也不说，把自己关进屋里。后来娘知道了，就说："当时你就应该把黑三打趴下的。"

王九也觉得当时的情况，最好的选择就是打趴下黑三。那样，尊严保住了，女友也不会伤心而去。可真的再回到那天那时，他会出手吗？他瞅着自己的手，绵软无力，对着墙狠狠打过去，马上就疼得钻心。王九捂着手跟娘说："娘，我害怕。"

娘说："九啊，其实你选择的也不是完全没有道理。黑三叫你在钱和你女朋友中间选择，你选择了给他钱，这说明，在这两条里，你选择了最不容易伤害人的一条。只是黑三又给了你一条你更应该选择的路，可惜你没走……"王九说："娘啊，你是说，我应该把黑三打趴下？"娘说："你说呢？"

王九自己到一边想去。从王九记事起，他就跟娘两个过日子，爹的事情还是长大了后才知道的。爹是警察，王九三岁那年，爹执行公务，不幸牺牲了。记忆里的爹，只是一些挂在墙上的照片。爹的事情娘瞒着王九，娘也有自己的私心。娘是怕王九将来会继续爹的遗志，当警察的。

幸好王九没有选择警察这一职业。可娘没想到王九胆小得如此厉害。

娘这才告诉他，王九有一个英雄的爹。

但这似乎并没有效果，王九还是胆小。女朋友事件后，一下班，王九就马上回家，哪里也不去，基本上把自己封闭起来了。

娘说："九啊，你不能这样，你得过正常的生活啊。"娘还说："九啊，你都快三十岁了，应该找个女朋友结婚了。"娘又说："娘都快六十岁了，你也三十好几了，啥时候能让娘抱上孙子啊？"

王九捂着耳朵，什么也不想听。

有一天王九下班回家，娘不在。王九开了电视等娘。天黑了，娘还没回来。王九担心娘出了什么事，到门外瞅瞅，外面虽然灯光一片，但更多的地方还是黑的。王九瞅了几回，正犹豫着，电话突然响了，王九一听，里面是个男人的声音，说："你娘在东平公园，脚崴了，动弹不得。"王九刚想说什么，听见里面娘叫了声"九啊"。王九把电话一丢，什么也没想，就跑了出去。

东平公园离家不远，就一里来路。王九一口气跑过去，看见娘果然坐在一张椅子上，但一左一右，却有两个男人护着。王九叫了声娘，娘大声说："九啊你别过来，他俩是坏蛋。"王九怔住了，身子哆嗦一下，脚下一顿，停在了原地。娘说："九啊你快跑，不要管娘。"王九说："娘啊，我不能不管你啊。"娘说："娘最心疼的就是九，你平安了，娘就是死了也甘心。快跑啊九——"

王九往回跑了几步，又慢慢转过身来，一步一步向娘走过去。王九走近了，对两个男人说："放了我娘。"一个男人冷笑起来，说："放当然是要放的，但得花钱买。"王九说："要钱冲我来。"那男人说："来呀。就冲你来了。"

王九慢慢走过去，一边走一边憋着气。等走到跟前，王九已经把肚子憋得满满的了。这时他猛地吼了一声，头一低，照着一个男人撞了过去。"嘭"地一下，就把那个男人给撞翻了。然后王九再吼一声，低头撞向另一个男人。这男人没有丝毫防备，也被撞翻在地。王九意犹未尽，放开喉咙，冲着茫茫夜色，尽情地吼起来。也不知吼了多久，手被娘拽住了。娘说："九啊，甭吼啦，那两个男人早屁滚尿流了……"

王九看看四周，果然只剩下了他和娘两个人，再就是远处一些好事的向着这边张望。娘说："我儿了不起。"王九说："娘啊,你没事吧?"娘说："没事没事,他们没伤着我。"王九说："这我就放心了。"

王九背着娘往回走。娘趴在王九的背上,小声问他为什么敢跟坏人斗了。王九哽咽了一声,说："你是我娘啊,我不能让他们伤了我娘啊……"

原路返回

傅彩霞

周日,清晨。初春的阳光抚摩着人间万物,人变得柔顺而惬意。

黎菁与女儿两人在家。黎菁一边大扫除,一边在心里上下左右地打着小九九,盘算着明天是按揭还贷的日子。放下手中的拖把,去书房找出存款单,这个月工资又拖欠了,只好动用"国库粮",定期存款单还差十天到期,不能因小失大,无奈地暗自摇摇头,还贷不等人,忍痛割爱。当房奴犹如头上的金箍,时间一到就开始隐隐作痛。上中学的女儿做完作业便大功告成一般,一会儿溜达到客厅喝口水,一会儿又摸起水果,一副我行我素、心不在焉的样子。

唉,孩子什么时候才能养成自主学习的好习惯?黎菁用尽了千条万缕的心思,见效甚微。她狠狠地剜了女儿一眼,女儿知趣地如缩头乌龟般乖乖地退回自己的房间里,重新坐在了写字台前,不情愿地拿起了英语书。黎菁觉得,如今,大人们是孩奴、房奴、卡奴,孩子们是书奴、考奴、题奴,即使骄傲的成功人士也是钱奴、权奴、事奴。好像每个人都被奴性绑架,仿佛一只只不停旋转的陀螺。休闲是遥远时尚的奢侈品。

十四岁的少女正是怀春动心的季节,不一会儿女儿又走出房间,顺便盯着客厅的美容镜做了个鬼脸。黎菁一阵恼火,怒喝道:"睿琪,还不赶快看书学习,现在竞争这么激烈,这么残酷,还臭美什么?""照照镜子也不行?哼!"

女儿小声嘟囔着,微微上翘的小嘴噘得能拴头小犟驴。睿琪被妈妈的严厉声重重地按在椅子上,背诵那没完没了的硬邦邦的英语单词。青春期遭遇更年期,真是要人命的事情。

算计好本月的按揭款,黎菁摘下碎花围裙,对女儿说:"睿琪,你在家学习,我去趟银行。"一转身,出门下了三楼。刚走出小区门口,习惯性地猛然一摸口袋,钥匙忘带了。女儿在家,不拿也罢。

银行人满为患。取号,排队,耐心等待。终于办理完毕。

回家,按门铃,久久地无人回应。心生困惑。打家里的固话,在门外只听到悦耳的电话铃声,依旧无人接听。迷惑层层。黎菁头上渗出细细的汗,将将垂下的长发,定神仔细回想一下,自己走时,女儿并没有什么异常呀?这死丫头,究竟上了哪儿?不省心的主儿!黎菁在门外,一遍一遍地叫着"睿琪,睿琪"。她还唯恐左邻右舍笑话,以为她家夫妻吵架,进不了家门。于是,又压低声音一遍遍唤睿琪的乳名:"琪琪,琪琪……"侧身贴耳朵靠近防盗门,室内一点动静都没有,黎菁恨不得把耳朵穿透铁壁,奇怪了?会不会饿了,做饭不小心煤气中毒?这个念头一旦从心里头跳出来,就如疯狂的火山爆发怎么也遏制不住了。

黎菁步履如飞地走到小区保安处门口,探头问:"潘师傅,刚才看到我女儿出去了吗?"

"没看见呀。她每次走到这儿都会微笑着打招呼的。"

黎菁拿出手机,给在单位值班的爱人打电话。

"睿琪给你打电话了吗?"

"没有呀,怎么了?"爱人被黎菁没头没脑的电话弄得一头雾水。

"我刚上了趟银行,没带钥匙,结果敲不开门,进不去了,这孩子跑到哪儿去了?"

"你再等等,可能睿琪没听到吧?"男人的心总是比海洋还宽广。

"我到你单位拿钥匙吧!"瞬间,黎菁做了一个英明决定。

出租车如一匹脱缰的野马,风驰电掣地穿行在车来车往的公路上。

"师傅,快点,再快点!"黎菁按捺不住火急火燎的情绪。

"再快就成宇宙飞船了。红灯必须停。"少白头的出租车司机大概见惯了眉毛胡子一把抓的乘客。

黎菁不愿与出租车司机多费口舌,她想象着女儿一定是煤气中毒了。她一遍又一遍地在心里祈祷,只要女儿没事,什么都可以妥协,什么都无所谓,什么学习成绩的好坏,什么兴趣班的培训,统统放下,只要她快乐,她愿用一切作为交换的条件。

"你到马路对面等我,再有三分钟到你单位。"黎菁命令爱人。

不一会儿,黎菁的手机再次响起。电话显示为"我的家"。

"喂,喂……"黎菁急切地问。

"妈妈,你怎么还不回家?"手机内传来女儿稚嫩的声音。

"睿琪,你没事吧? 可急死我了! 怎么敲不开门?"

"我刚才在洗澡,没有听到呀!"

"你洗什么澡呀,英语单词背完了? 洗澡比学习重要?"女儿在电话那头无声无语。

"司机师傅,麻烦您掉头,原路返回。"黎菁挺直的腰板一下子陷在车座里,毒性又在她身上发作了。

老人和鹰

刘国芳

　　老人住进城里后很不习惯,坐不是站也不是,每天都不自在。有一天,老人便拿了锄头,去楼下开荒种菜。锄头是老人从乡下带来的,但老人才在小区一块空地上挖了几锄,就被儿子看见了,儿子问:"你做什么?"

　　老人说:"这块地荒着,我想种些菜。"

　　儿子说:"你以为这是乡下啊?"

　　老人说:"那我回乡下去。"

　　儿子说:"我们乡下已拆迁了,那里现在是工业园区,你还回得去?"

　　老人何尝不知道这些,一想到乡下被开发了,老人就神思恍惚。老人说:"城里什么都不好,不像我们乡下,可以种菜、养猪养鸡,乡下空气也好;还有,我们乡下有各种各样的鸟,天上还飞着鹰。"的确,老人在乡下时经常看见天上飞着鹰。老人总坐在门口,抬着头看,看鹰在天上盘旋,看久了,老人的心便跟着鹰去了,也在天上盘旋,自由自在。到城里后,老人也经常抬头,但很多时候,老人连一只麻雀也看不到。

　　老人叹起来。

　　老人每天都快快不乐的样子。这样不开心,老人就出问题了。老人后来病了,住院了。从医院出来后,老人似乎更老了,走路都不稳。儿子当然很急,每天都开导老人,但无济于事,老人就是开心不了。

这天,儿子带老人去河边。快到河边时,老人忽然看到天上有鹰。看到鹰,老人有些高兴,跟儿子说:"你看到鹰了吗?在天上飞。"

儿子说:"看到了。"

老人说:"没想到城里也有鹰,它是从我们乡下飞来的吧?"

儿子说:"大概是吧。"

老人住的小区其实离河不远,老人为了看到鹰,第二天自己去河边了。还没到河边,老人就看到鹰了,不是一只,是好几只。那些鹰一会儿在天上盘旋,一会儿往下俯冲。老人不走了,坐在路边的凳子上,一直抬头看着。

一个孩子蹦蹦跳跳走过来,看见老人后,停住了,问:"爷爷,你在看什么呢?"

老人说:"看鹰在天上飞。"

孩子说:"那不是鹰,那是风筝。"

老人说:"胡说,风筝我还看不出来呀?那就是鹰。"

孩子说:"我没胡说,那就是风筝,不信,你到河边去看。"

老人真去了河边,近了,老人果然看见几个人在放风筝。"几个人"也是老人,但他们很矫健,在河边跑来跑去,把像鹰的风筝放得跟真的一样。

老人后来走到了他们中间,说:"我以为是真的鹰在天上飞哩。你们怎么能把风筝放得这么好?"

一个老人说:"你也能。"

老人说:"我也能?"

另一个老人说:"真的能,只要天天放,就能让你的鹰飞在天上。"

老人这天真买了风筝,也是那种像鹰的风筝。

那几个老人教老人放,但老人还是不会。老人有些灰心,几个老人就安慰他说:"慢慢来。我们以前也是这样的。"

老人后来天天到河边去放风筝。老人开始走得很慢,慢慢地,老人就能走快了。再后来,老人也能跑了。老人的风筝或者说老人想放飞的鹰刚开始飞不起来,多放了几次,鹰就飞起来了。到后来,老人也可以让他的鹰在天上盘旋或往下俯冲。看着头顶上的鹰飞来飞去，老人觉得很开心。

　　一天，老人把鹰放飞到天上时，忽然来了几只真的鹰。几只真鹰都是老人的鹰引来的。老人看见了那几只鹰，老人以为是同伴放的，但不是，他们还没开始放。那几个老人，也看见了几只真的鹰，他们跟老人说："你的鹰引来真的鹰了。"

　　老人说："是真的鹰吗?"

　　他们说："是真的。"

　　老人说："肯定是我们乡下的鹰飞来了。"

　　老人说着，笑了。笑着时，老人一颗心跟了鹰去，也在天上盘旋，自由自在。

洋货迷

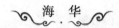

海 华

都说凤秀是个洋货迷，平日，她穿的、戴的、拎的……几乎都要想方设法弄个进口名牌货。这不，她的老妈福梅，要与老同事往意大利一游，机不可失，凤秀叫她买回一只意大利名牌手袋。

寄宿在校刚回到家的女儿小娜，好奇地从母亲凤秀手中抢过手袋，左看右瞄了一阵，忽然直嚷嚷：“姥姥，错啦，错啦！”

“错不了！乖孙女，这可是姥姥花了几千元，在意大利逛了好几家大商场，千挑万选的意大利名牌手袋。”福梅正色道。

小娜噘起嘴，手指着那组鸡肠似的洋字母，嘟囔道：“姥姥、阿妈，这招牌上写的可是‘中国制造’哟。”

恍如当头一瓢冷水，福梅愣住了。凤秀一脸沮丧地说：“嗨，这可是老鼠跌落糠瓮——空欢喜。”

“中国制造”咋啦？回过神来的福梅笑着说：“如今‘中国制造’的许多紧俏商品不都强势进入许多国家的市场吗？干吗非要外国货呢？前一阵子，某些外国的副食品使用有害添加剂，不是也曝光了吗？”

“你不懂，老妈，我们单位里好几位女同事用的手袋，可都是清一色的进口名牌，真让人羡慕死了。”凤秀悻悻地说。

福梅大笑：“这好办，你干脆把招牌剪掉，不就 OK 啦？这年头，某些商品出口到境外转一圈回来,就成为进口货,没准你单位那几位女同事用的手袋,也是这类冒牌货呢。"说完,福梅一脸坏笑。

两天后,凤秀一上班,满面春风地拎着那只新手袋,逐间办公室晃荡了一圈,一些女同事嘴里啧啧有声:"哟,好漂亮的手袋,哪儿买的? 啥牌子?"凤秀立马屁颠屁颠地说:"嘻嘻,这是我老妈刚从意大利买回来的名牌货。"

几位男同事在小声嘀咕:"瞧她那扬扬得意的酸样,好像只要是进口名牌,就高兴得找不着北了,真是名不虚传的洋货迷。"

这天中午下班前,凤秀路过业务科时,见好几位女同事围着男同事小纪,在电脑前七嘴八舌议论。她走到近前一看,原来是在网购时下流行的女T恤。少顷,那几位女同事请小纪订货后陆续离去,凤秀也要小纪帮忙订购。

小纪一看是洋货迷,便嬉笑着指向屏幕上几款女T恤,说:"这些都是如今夏季最酷的名牌货,你自个儿挑吧。"凤秀很快看中了一款外国货,但又不经意地说:"不知胸前那些鸡肠字啥意思?""大意是我很酷,我……"可未等小纪说完,急性子的凤秀就打断道:"行啦,这个款式不错,色彩搭配时尚,也正合我的幸运色,我喜欢。"小纪似乎想劝阻:"我刚才的话还没说完,真的要这款? 你可要看清楚、想明白啊。"小纪又再三提醒。"就要它了!"凤秀语气笃定。

"好咧!"小纪强忍住笑,照价收了款。数日后,小纪果真把收到的那款进口名牌T恤交给凤秀,凤秀翌日便喜滋滋地穿上了。

又是一个周末之夜,小娜从学校归来,目不转睛地盯着凤秀身上那件T恤,旋即满脸惊诧地大声疾呼:"妈,你这是从哪儿弄来的垃圾? 快扔掉!""这可是进口名牌哟!"凤秀一副影视明星的口吻。"别穿了,真羞死人!"在凤秀的再三催问下,小娜终于羞红着脸,悄声说出了T恤正面那组洋字母是"我很酷,我是婊子"。

"啊……"凤秀浑身一颤,这才想起这些天,每当穿上这T恤上班或逛街,便引来好些年轻人怪异的眼光和窃窃私语,而自己还傻乎乎地以为别人是在羡慕呢。唉,这回人可丢大了! 一种莫名的羞辱,夹杂着深深的懊悔,一齐涌上脑门儿……

演艺人生

乔 迁

鸿江礼仪演艺公司经理张鸿江从外地回来,一进公司,下属小王便迎上来喜滋滋地告诉他:"接了个酒店开业的大单,三天三万块,定金五千收了。"张鸿江很高兴,夸赞小王说:"不错。哪天?"小王说:"六月八号,连演三天。"张鸿江眉头一皱,说:"六月八号?什么地方?"小王立刻把酒店地址找了出来,望着脸上喜色慢慢淡去的张鸿江,小心翼翼地问:"经理,是不是跟您的安排有冲突啊?我记得好像这个日子您没有预定啊!"张鸿江摇摇头,拍了小王肩膀一下说:"没事。我出去一趟。"

一个小时后,张鸿江回来了,一进门,就吩咐小王:"把六月八号那个酒店开业庆典退掉。"小王吃惊地望着张鸿江,张鸿江脸色十分严峻,严峻得没有任何挽回的余地。小王不甘心地对张鸿江说:"经理,这可是一个大单啊!再说,定金都收了,退掉咱们就违约了,要付双倍违约金的。"张鸿江想都没想地说:"去支一万块钱,退掉。"小王看看态度坚决的张鸿江,不解地问:"经理,这是为什么呀?"张鸿江望了一眼窗外,说:"酒店不远处就是学校,是高考考场之一。""考场?学生考试跟咱们开业庆典演出有什么关系呀!这到手的钱没挣到,还得赔钱。"张鸿江不满地瞪了一眼小王,说:"又放炮又唱歌的,能不影响考生吗?"小王嘀咕了一句:"咱们也得吃饭啊,照顾考生谁照顾咱们啊!"张鸿江猛地一挥手,吼道:"快去退!"

张鸿江到办公室没一会儿,小王就回来了,身后跟着一个衣着考究体态粗壮的男子。进来,小王把手里的钱放到桌子上,望了一眼身边的男子,对张鸿江说:"他不收,非得让咱们按时演出。"看来跟小王进来的男子就是要开业酒店的经理了。张鸿江冲小王挥了一下手说:"你出去吧!"小王立刻出去了。张鸿江拿起桌子上的钱,起身递给酒店经理,说:"实在对不起,请收下。"酒店经理不接,一屁股坐在办公桌前的椅子上,仰脸傲慢地望着张鸿江,说:"看不出,张经理还有一颗慈善之心啊!"张鸿江笑笑说:"谈不上,只是那些学子委实不易,十年寒窗,只为这一朝,不能因为咱们的庆典演出影响了他们呀!"酒店经理冷笑一声说:"影不影响我不管,我只要热热闹闹挣钱就行。张经理,咱们这儿可不止你一家礼仪演出公司啊!这钱你不挣可有很多人想挣啊!"张鸿江依旧笑着说:"没错,想挣这钱的人很多,但这个钱没人会去挣。我已经给其他演艺公司打过电话了,这点面子他们还是会给的。不管怎么说,我还是咱们这儿礼仪演出协会的会长吧!"酒店经理"噌"地从椅子上弹跳起来,黑着脸发狠地说:"张经理,事做得过了吧!我这么大个酒店能开起来,你也该知道我的斤两。我只求财,不求仇,做朋友做仇人你选吧!"张鸿江把钱再次递给酒店经理,说:"当然是做朋友了。"酒店经理指着钱,瞪着张鸿江说:"这是做朋友?开业日子都定了,不开不吉利,你别逼我做你的仇人。"张鸿江说:"是做朋友。你把钱收起来,我告诉你怎么既开业又不影响考生,而且,你还能生财。"酒店经理犹豫了一下,接过钱坐在椅子上说:"我倒要听听张经理怎么两全其美。"张鸿江笑了一下,坐下说:"你可以用这笔钱在电视和报纸上做一个酒店开业广告,要让广大市民都知道,你为了考生安心考试,决定不放炮不演出,而且,在高考期间,你以最低折扣向广大考生提供饭菜和休息房间。要知道,很多考生离家很远,中午是不可能回去的,而且家长又希望自己的孩子能够午间吃得好休息好。你这样做,你的酒店很快就会被考生们挤满了。如此,你不仅得了财,而且也给你的酒店扬名了,要比你放炮演出效果好。"

酒店经理的眼睛渐渐亮了起来,脸色都红润了,激动地说:"好,好,真是个两全其美的办法呀!就这么办了,我这就去电视台和报社做广告。"

　　高考一结束,酒店经理就来了,乐呵呵地推开张鸿江的门,从包里掏出两万块钱"啪"地扔在了张鸿江的办公桌上,高兴地说:"谢你的。"张鸿江把钱推回去说:"不用谢。我该谢谢你,让考生们有一个安静的考试环境,这是我——一个高考落榜者最大的心愿。"

做一回上帝

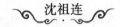
沈祖连

　　小瘪四终于还是逃不过被开除的命运。小瘪四在这家店里服务了三年多，工作表现时好时差，到最后也没有得到老板的赏识。原因主要是小瘪四太精了。老板喜欢的都是实实在在干活、不讲究得失的人，也就是小瘪四认为的傻子。小瘪四认为的傻子，实际上不傻；小瘪四认为自己是精仔，实际上在老板眼里就是傻子。这里头包含着很深的哲理，以小瘪四现在的思想是捉摸不透的。

　　这是一家规模不算大也不算小的饮食店。服务员不太多也不算太少，也就是说，每个员工老板都叫得出名字，但未必都管得着。这样规模的饭店，最能考验人。你做多了，老板不一定能看到；你做少了，老板也未必不知道。精仔和傻子同时混杂。小瘪四的亏就吃在太"精"上。比方说，老板规定工作时间为八个小时，还未到点儿，小瘪四就提前做好下班准备，收拾好东西，到点儿就开溜。老五不同，老五常常是下班时间到了，还在做班上的收尾工作，做完才收拾自己的东西。这一来一往，就有至少半个小时的差异。小瘪四每每离开，总对老五挤挤眼睛，那意思是说你老五大傻子一个。可他没想到，自己早已陷于做傻事而不能自拔，这不，被开除了不是？

　　因为没本事，小瘪四在饭店做的就是供人使唤的活：老板使唤他，炒菜师傅使唤他，服务员使唤他，连看门的也使唤他。

开除就开除吧,小瘪四也没有感到太痛苦。此处不留爷,自有留爷处。想我瘪四精仔一个,到哪里不能被使唤?

"给工资吗?"小瘪四这样问老板。其实他心里盘算好了:是我炒你就别想要工资;是你炒我,那可是一个子儿也不能少。

老板是个明白人,虽然瘪四平时表现不怎么样,但毕竟在店里服务了三年多,没有功劳也有苦劳。欢送会不开了,怎么会欠这点工资?

这样,小瘪四顺利拿到了一笔钱。

拿到钱的小瘪四就不那么瘪了。他挑了店里最豪华的玫瑰包厢,他要在自己服务过的地方切切实实地当一回上帝。妈的,钱是什么东西? 花出去,才能体现价值;不花,跟石头无异。钱花了还可以挣。

"小姐,点菜!"小瘪四大呼一声,引得几个平时一起工作的姑娘都瞪着眼睛看他。

"看什么看? 快伺候老子点菜。"见那些姑娘不动,小瘪四便直呼老板。

老板毕竟是老板,顾客就是爷,立时向一个姑娘发出命令:"阿朱,听到没有?"

阿朱姑娘这才回过神来,拿上菜单进了玫瑰包厢。

阿朱看了看小瘪四:"要什么菜?"

"不行,你老板是这样要求你的吗?"

"不就是点菜嘛。才离开不到半小时,哪来这么多的道道儿?"

"半小时前你也可以使唤我,可现在你知道我是什么了吗?"

"是什么呀? 不还是小瘪四?"

"得,本人投诉你,不尊重顾客,小瘪四是你能叫的吗? "

"好,先生,请问您要点什么?"

"这还差不多。看你们店有什么特色菜,都给我要一份。"

"特色菜有,不过可贵了。"

"得,你又犯傻了吧? 一不维护老板利益,二不尊重顾客……"

"对不起,先生,请您开始点菜吧。"

小瘪四过足了嘴瘾，才正经点了满满一桌子酒菜。进食过程中，一会儿叫服务员来这个，一会儿又要服务员弄那个，使唤得十几个姑娘拉磨一样围着他跑前跑后。随着酒意上升，小瘪四觉得还不过瘾，便冲老板来了。

"服务员，你们的老板这么拿大？怎么不来敬个酒？快叫！"

经过几番折腾，服务员不敢怠慢，立马通报老板。

老板是生意人，拿着酒杯进了包厢："来，先敬小瘪四一杯。"

"得，真是有什么样的老板就有什么样的员工。告诉你，我现在是你们的上帝，小瘪四是你叫的吗？"

"对不起了，平时都叫惯了。我敬先生一杯。"

推杯换盏之间，酒不慎洒上衣服，小瘪四摊着两手："你看你，敬个酒这么笨手笨脚的。"

"好，好，好，我叫人来替你抹。"

"不行，得你亲自来！"

"好说好说。"老板掏出餐巾纸，很细心地为小瘪四擦干酒迹。

吃完结账，不多不少，正好，老板刚才发给小瘪四的钱又一个子儿不少地回到了老板手上。

走出大门，一小时前怎么样，一小时后还是怎么样。小瘪四往马路边的胡同里一拐，蹲在路边，像个孩子一样嘤嘤地哭了起来。

麻　圆

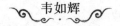

韦如辉

　　茨淮路农贸市场从凌晨四点就开始热闹了。菜贩子们进菜、出摊；各式车辆来来往往，此起彼伏的马达声清脆刺耳；鸡贩子笼子里的公鸡，毫无章法地啼叫，全然不知道即将变成餐桌上的一道美味；被誉为城市美容师的清扫工，无论春秋冬夏，总是提前上岗。

　　天一放亮，市场里就挤满打点生活的人们。空气中飘荡着瓜果蔬菜的清香，讨价还价的吵嚷声音，令人口舌生津的油炸味儿。不用多问，鼻翼间游走的丝丝缕缕油香定是来自独一处麻圆店的。

　　独一处麻圆店的门前果然排成一条长龙。等待新鲜麻圆出锅的老头老太太，似乎对每一天的生活都有足够的耐心。只是来去匆匆的过客，对受影响的交通状况颇有微词。意见归意见，表达的手段是脆弱的，仅在口头上小声嘀咕，或在心头无声呐喊。他们知道，这些老头老太太都是不好惹的主儿。

　　制作麻圆的是一对老夫妻。说他们老，似乎有点儿早，从外观上看他们的身体比较硬朗，头顶上覆盖着岁月的霜花。老头中等偏上身材，鼻直口阔，印堂发亮，手中的两只油光发亮的木棍在沸腾的油锅里翻转，如同弄潮的高手一样自如。老太太将一块面泥坯子，有条不紊地摆在案板上，然后加糖、加油、加经过精挑细选的白白的芝麻粒儿，搓圆，丢到锅里，油锅里炸起一串串响。不大一会儿，滚圆滚圆的麻圆在老头的翻转下，如一只只运动的黄球滚来滚去。

刚出锅的麻圆不急于拿，烫手。也不急于吃，烫嘴。排队的人们喉结蠕动，静静等待老头将人们需要的麻圆装好。一手交钱，一手交货，公平交易，童叟无欺。

有人问："你们是哪里人？"老头说："山东的。"再问："山东哪里的？"老头还是说："山东的。"人们就觉得老头有点怪，把征询的目光投向老太太。老太太的精力仿佛全部集中在麻圆的制作上，丝毫没有回答问题的思想准备。所以，这一对麻圆夫妻姓啥名谁，还真没有几个人说得清楚。

这并没影响他们的生意，他们的买卖依然如灶膛里的火一样红。

四有巷的王老太太，每天一大早就来排队买麻圆。不买多，只买俩，一块钱的。后面排队的老太太问王老太太："王嫂，就买俩？"王老太太口齿不清，哆嗦的嘴里仿佛含有微烫的麻圆："就我一个，吃不了。"有人小声插嘴："王老太太的老伴前年就不在了。"队伍里出现短暂的宁静，偶尔迸发一两嗓子憋不住的咳嗽。

独一处的麻圆味道的确不一般，入口酥，口感绵，后味甜，配上上等的芝麻粒儿，香。难怪叫独一处，在别的店里是吃不到这种感觉的。

入秋，西关街新开了一家麻圆店，挂的招牌叫独一处分店。生意刚开张，不错。独一处嘛，买吧，肯定错不了。可是好景不长，很快就露了破绽。买者来山东的店里问罪："骗人是不是？味道怎么说变就变了？"老头并不惊慌，只说一句："要吃就来这儿买。""难道西关那一家不是你们的？"老头只点一下头，并不答话。原来，有人冒充，难怪味道不一样。一头牛劲前来问罪的人，像泄了气的皮球，马上便没有了火气。

红眼的人想拜老头老太太为师，他们不同意。拜师的人，拎大包小包的，一脸的虔诚，他们连人带东西都给轰出去。后来，中间人劝老头老太太认个干闺女干儿子，把手艺传给自己的人。老头老太太还是没答应。人们都说："这老头老太太啊，只认钱，不认情，钻到钱眼里去了！"

每天清晨,市场的空气中依然飘荡着令人止步的油香。独一处的店门前,依然排起买麻圆的长龙。

有一天,起个大早来排队买麻圆的老头老太太却扑了个空。

老头老太太的店门口,跪着一个汉子。汉子膀大腰圆,络腮胡子,额头渗出鲜血,跪在硬地上的双腿树叶似的打战。汉子操一口标准的山东腔,边叩头边喊:"爸,妈,都怪儿子不孝啊!"

老头虎着脸,老太太也虎着脸。制好的麻圆坯子散落一地,油锅里热油已经变凉了。

第二天,麻圆店关门了。独一处的招牌也被拉下来,换成一块狗不理包子店的匾。

老头老太太相互打听,没有人能说出子丑寅卯。

青菜萝卜

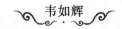

韦如辉

　　说农贸市场,就少不了要说青菜萝卜。茨淮路农贸市场里的青菜萝卜摊儿,星罗棋布,景象十分壮观。别的不说,单说姓马的一家。别的马姓不说,单说在家排行第四的。这样一画圈,说的就是马四了。

　　马四老早在市场七号位出摊儿,东西南北路的交叉口,是个做生意寸土寸金的好地儿。而马四拔掉锥子不淌水——死眼子,不愿意按潜规则交摊位租赁费,才被撵到背街背巷的四十五号去。什么意思呢?这还得从市场里的潜规则说起,农贸市场的青菜萝卜摊儿是工商部门早期建设的,后来通过集体开发,在摊位的后面又建起门面房销售给个人。也就是说摊位是公家的,而门面房则是个人的。尽管摊主交了工商的摊位费,那是明的;还需再暗交一份门脸费,给门面房东的。马四不干,马四还没被潜规则潜过,马四头硬得跟迎风而立的公鸡脖子似的,认为自己是交过钱的。而有一天房东故意找马四的碴儿,房东的二小子在社会上混,打了马四。马四捂着鼻青脸肿似是而非的面孔,租下四十五号的房子和门前摊位。这件事成为马四永远的痛,有跟马四不对脸的同行冤家,常当面拿马四这件丑事说事儿,当然多是有意诋毁他的。

　　马四的摊子出得尤其早。黎明时分,青菜萝卜几十个品种就摆好了。黄瓜、番茄、四季青、豆角、丝瓜都是新鲜的,带着晶莹剔透的水珠子。新鲜

的菜,刚到的,走过路过千万不要错过啊。马四的吆喝声有点儿特别,浑厚的声音里掺杂着尖利和嘶哑。饭店里来的熟客一听,就知道是马四。熟客们充耳不闻,只管昂首阔步往前走,仿佛马四这人这摊儿本来就不在他们眼里似的。熟客们知道马四的德行,外号"三不得":菜摸不得,话搭不得,人沾不得。"三不得"的外号是熟客们给他起的,里面也有一个故事。前年,南园酒家欠了马四的两千块菜钱,马四逮兔子似的将老板撵来撵去,搅得老板全家没过好年。再说了,开饭店哪有不欠菜贩子钱的?就像吃客们欠饭店的钱一样,理所当然呀。坏名声出去了,马四的生意就不好做,只做一些不知道他底细的散客。有时还会缺斤短两,散客们骂骂咧咧找到摊前,要折他的秤。马四只得红头绛脸地赔不是,甚至还会装模作样拿巴掌扇自己黑瘦的脸。

每年的冬天,马四的两只手都会如期肿起来。冷水冷菜加上市场里肆无忌惮的冷风,让马四的手一天天如发面馍似的肿起来,样子很是吓人,好像一碰便能滴出血水。好心的老头老太太苦口婆心地劝:"孩子,戴手套,咋不戴副棉手套呢?"马四感激得不行,嘴上说:"不碍事,习惯了,有冻根,每年都烂的,开了春就好了。"边冲好心人的背影点头,眼眶里边泛起湿湿的东西。

生意不好,两口子常打架。马四可能想,反正生意差,有的是时间和力气,打就打呗。偏偏矮小单薄的马四媳妇儿是个烈性女子,无人能驯服的一匹野马。打架的时候,无论揍多狠,却不见孬种。哪怕是说一句软话,也不曾有过。中午过后,市场的人群如海水退潮,空出来的场地常常成了马四两口子的练兵场。起初,左邻右舍上去拉。后来,就是闲着给狗挠蛋也不拉了,谁拉马四媳妇儿骂谁。不拉拉倒,却在心里头恨马四打她打轻了。马四第二天照常出摊,马四媳妇儿照常过来帮忙。困惑的人们终于找到了答案,他们的日子本来就是这样过的。如同太阳每天照常升起,只是有阴晴的时候。

有一天,市场里爆出一条新闻,马四的女儿考上了中国科技大学,让马四的形象突然高大起来。这时候的马四脸上挂着笑,与市场上空洒下来的阳光融合得十分从容。来马四摊前的人头稠了,不是为了买菜,多是打听马四怎么教女有方的。马四只是笑,头挠得像鸡窝似的,也说不出什么所以然。

马四有段时间没打媳妇儿了,媳妇儿的一切不是,马四只看在眼里,记在心里,不再落实到行动上。

农贸市场每天都热热闹闹,马四的生意依然一般般。时间过得真快,转眼五年过去了。有一天马四对买菜的人说:"我女儿考上了省政府的公务员。"

"啧啧,马四啊,你真是个有福的人!还卖菜,该享享清福了。"

马四坚决而肯定地说:"卖!怎么不卖?女儿买房不要钱?结婚不要钱?养孩子不要钱?"

"这头倔驴,脑子进水了!"市场里的同行们对马四现在的态度多有不解。

小刘瓜子

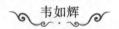
韦如辉

　　农贸市场各家各户的门面都有招牌,名称、颜色、大小、款式各异,花花绿绿的,独成风景。而小刘瓜子的招牌要特别一些,在大招牌的下面常年拉着红色条幅,印有四个白字:现炒现卖。

　　门口斜放一口大铁锅,红红蓝蓝的火苗在鼓风机的努力工作下,拼命舔舐着锅底,铁锅很快烧红了,锅中白白的精盐粉似乎达到了燃点。此时将精选过的西瓜子倒进去,劈里啪啦如鞭炮齐鸣。

　　锅下置一口小煤炉,慢慢地文火把汤料煮得又热又香。

　　迅速出锅的瓜子,立即浇拌上汤料,变凉,即可食用了。

　　炒瓜子的是一个女子,中等身材,微胖,一袭蓝色的长衫裹住她青春的身体。脖子上搭一条毛巾,一手执筛,另一手执铲,站在锅边等待火候。脸庞上有汗溢出,豆大的汗珠儿晶莹剔透,似落在她俏脸上的星星。

　　摊子前围了不少人。一部分等着瓜子变凉,一部分则看那女子如何将瓜子变成香喷喷的零食。等瓜子变凉的,称上斤把半斤,回去唠家常或看电视时慢慢品味。看热闹的,惊奇之后夸这个动作利索的女子不简单,再来农贸市场买菜的时候,也会不由自主地变成买家。如此往复,小刘瓜子的生意如日中天。

　　女子姓刘,当年在商业系统工作。如今计划经济的商业早已被市场经济所代替,时代逼迫这些历史的佼佼者再次创业,小刘就是再次创业的佼佼者。

摊位的后面,有两位戴着花镜的老者,双膝之上各放一个簸箕,耐心而细致地挑拣生瓜子。有趣的是,无论春秋冬夏,这两位老人都坐在门口露天工作,且十分认真,不会轻易放过一粒杂质。那边是加工成品的熟瓜子,这边是千挑万选的生瓜子,显然是互为广告。

有电话打过来,说某某大酒店的,赶紧送十斤瓜子来。小刘接电话的当口,边擦一把汗,露出白里透红的脸蛋儿,边吩咐伙计送货上门。

小刘瓜子那么好吃,是不是有问题?里面加没加让人上瘾的药?这个怀疑不是没有道理。怀疑的语气在人们的口中嚼来嚼去,最后嚼到防疫部门那里。有一天,来了一帮穿制服的人。取样,抽检,好一阵忙活。这下坏了,小刘可能要倒霉了。买瓜子的热心人问小刘:"得罪人了吗?"小刘只是笑,不说是还是不是,一副泰然自若的样子。小刘仍然忙自己的生意,爱吃瓜子的仍然来小刘这里消费。后来的一天,来取样抽检穿制服的那帮人,也来小刘的摊子前买这买那。大家才知道,例行公事,该怎么吃还怎么吃,没问题的。

夏天,卖瓜子的生意一般不好,而小刘的瓜子卖得还不错。同行们装作买瓜子的,这尝尝那尝尝,不见买,很明显,偷技术的。小刘心知肚明,不吱声,嘴角露出浅浅的笑。

一早一晚,炒瓜子的换成了一个小伙子。小刘则在一旁边摇扇子,边指挥怎么办怎么办。过路的人问:"小刘,刚收的徒弟?"小刘说:"是啊。"小伙子后脊梁朝人,显得十分害羞,后背的单衣已经粘在上边。

小刘瓜子的名气越来越大,瓜子换上包装进超市,进商店,打出的商标全是小刘瓜子。

外地的客商慕名而来,贪财的生意人说他们的瓜子就是小刘的。小刘瓜子的招牌也弄得满天飞,大街小巷处处都是。小刘欲哭无泪,眼看一块金字招牌就砸了。

后来，经营小刘瓜子的不再是小刘，小年轻姓夏，别人叫他夏总。年轻的夏总不是凡角，一接手就到工商局注了册，并且轰轰烈烈地打赢了一场官司。小刘瓜子给夏总带来了滚滚财源。

有一天，大家看到小刘打扮得十分漂亮，被一个小伙子挽着在市民文化广场散步呢。大家依然跟她打招呼："小刘，现在干什么呢？"小刘笑如春风地答："在家闲着哩。"

小伙子依然挽着小刘的胳膊，同样春风满面地赔着笑脸。这小伙子是谁？不是小刘的徒弟吗？是他，没错。

"小刘真有福气，离了婚还找个小伙子。"

"什么？小刘离过婚？"

"嗯。"

下　岗

白云朵

　　面试她的女人转着椅子打量她。女人不问她财务方面的事,这是她始料不及的。

　　"猜猜我有几岁?"

　　她像是狠了狠才说:"最多三十五岁吧。"女人一下子换了一个姿势,"哈哈哈"笑了起来。其实她心里知道,女人已过了四十,女人脖颈里的几条皱纹泄露了她年龄的秘密。

　　女人对她说:"第二天就可以来上班了,当会计。"

　　她是个不能没有工作的人。她独自带着孩子过日子。

　　好几年后,有人问她,离婚时是怎么想的。这一问,她费了很大的劲儿往回搜索,竟是毫无所获。她说不出哪里有多恨他,记得她对他说"离了吧"时,他只说了一个字"好"。就这么简单。

　　她已经有一个多月没工作了,这是相当可怕的。

　　以前从一份工作换到另一份工作,主动权握在她手里,而这一次,什么叫饥不择食,她就有点饥不择食了。

　　她想,如果再没结果的话,她就去给人家洗碗抹桌子了,她已经留意起孩子学校附近的几家贴着招聘启事的小饭馆和点心铺了。

　　她用几乎有点惊讶的眼神打量女人。她唯唯诺诺地问:"这是真的吗?"

会计,差不多是企业的半个当家,女人对财务上的事一问不问就录用了她。

女人说她的资料都看过,她是女人从一大堆的应聘求职信里唯一挑出来亲自面试的人。因为她面善。女人看她第一眼时就觉得她就是女人要找的。

女人很重用她,女人说三个月试用期满后要升她为财务经理,当然,前提是三个月后现任的财务经理必须离职。女人私下里透露给她这种想法时,她没有应承下来。

财务经理,她不是没当过,但让她为此付出了很大的代价,那代价就是把她的男人推向了别的女人的怀抱。她不想要强了,她只想找一个够她和孩子吃饭的事来做。

虽然没答应,但面对财务经理她像是做了贼一样。

财务经理叫春花,也是单身,孩子在念大一,在这个公司做了十年财务。

春花每次从女人的办公室里出来,脸都是铁青着。春花说女人心里想的她还不明白,她是有意为难,还不是因为她的合同期三个月后就要到了的缘故。她更像做错了什么事似的。

女人已找她谈过两三次了,女人要她尽快地接上春花的工作,女人给她开出的薪资要比当会计高许多。

谁跟钱有仇呢?她不就是这样被别人从前一个岗位上给替换下来的吗?再说,女人把话都撂给她了,说到时接不下的话,女人将另外物色人。

她感受到了春花在公司里的尴尬处境。她听女人当着她的面狠狠地骂过春花。连女人的助理李婷也动不动学女人的口气骂春花。

春花说原先这里是一家小饭馆,车管所搬来后,女人才改行经销起汽车。经过十年努力,女人从一个小饭馆的老板娘摇身变成一个拥有数亿资产的女企业家,但有些东西是改不了的。春花跟女人是一个村里出来的小姐妹。

春花的日子越来越难熬了,女人把她做的事一样样地从她的手中剥离出来。春花每天都失魂落魄的。倒是李婷常常敲着春花的桌子支使起春花来了，一会儿丢给春花一包咖啡让她给女人泡去，一会儿把女人要喝的莲子羹放到春花的桌子上让她拿到厨房热去，碰上女人家里的保姆休息时，还支使春花到女人家里去打扫。

她不喜欢李婷这样的女孩。女孩子太市侩不好。

那天，李婷挤眉弄眼地附到她的耳朵边说："春花以前的老公又来了，在茶室里呢，好戏不要错过了哟。"她剜了李婷一眼。李婷学着春花的声音说："刚交完孩子的学费，没钱！"李婷又学起另一个人的腔调说："不给也得给！"她狠狠地连剜了两眼。李婷讨了个没趣，吐着舌头走了。

李婷刚走，春花就急急地来找她。春花红着眼睛问她借一千元钱。春花回到位置上，还没来得及把眼角擦干，李婷又过来为难她。"听见没有，叫你去给老总捏肩去，去还是不去？"李婷见春花没什么反应，拿起春花桌上的台账，连敲了好几下。

"放肆，出去！"她指着李婷的鼻子说。她看不下去。李婷傻傻地看着她。"听不懂吗？财务重地，闲人莫入！"她指着李婷身后的门说。

"出去！"春花夺下李婷手里的台账，朝门口处砸去。李婷"哇——"一声哭着跑出财务室。她和春花相视一笑。

她再一次下岗了。

后来，在学校附近的包子铺里常常看到她。下课铃一响，她便踮着脚尖向着学校的大门张望。一个个穿着同样校服的孩子拥出校门口，她便伸长脖颈在孩子中间搜寻。阳光打在她脸上，使她的脸柔得像薄瓷一样。

生活就是一碗羊杂汤

纪东方

来了，兄弟？你里边请先坐。

你要吗汤？杂碎汤五块，羊肠汤三块，羊肉汤十块。杂碎汤吧，羊肝羊肚各样都来点儿，各种滋味都尝尝。你喜欢大块还是小块？小块吧，我给你切细一点，好消化。我给你在锅里多烫一会儿，今儿个天冷，保你吃个满头大汗。

好嘞，你看你这一碗马上好了！趁热先喝口汤暖暖身子，喝慢点儿，别烫着舌头。要不要来点儿香菜末？有人不喜欢香菜味儿。香菜除膻，少来点儿，去去膻味儿也不错。桌上有辣椒油、蒜泥、麻酱，调料盒里有孜然粉、胡椒粉，还有盐、味精、老陈醋。盐多了咸，醋多了酸，味精多了苦，胡椒放多了麻辣受不住。你依自己口味轻重随便加，汤随意要，免费管够。吃点什么？这儿有大饼、烧饼、窝窝头、馒头……

我原来干什么？不是老师，我可当不了老师。你猜对了，练杂技。你看我说话快，一套一套的是吧？我原来闯江湖，别害怕，就是小杂技班子，四海为家，挨村挨屯撂场子耍地摊，我们行话叫出生意。祖辈家传的玩意儿，不但手底下会玩意儿，家伙把势能耍会练，还得嘴皮子行，会说，能招呼人。我年轻的时候跟着出过几年生意，嘴皮子就是那时候练出来的。我会啥？软的硬的都会点儿，"耍中幡"听说过吧？那一辈有我在的地方，没别人敢上场子,大小也算个名人。老了不行了,耍不了了,煮烂的鸭子——光剩下一张嘴喽。

我干吗要卖羊汤?还得说耍杂技。1986 年我在陕西做生意,见人家当地人喜欢喝羊汤,也跟着尝尝。一来二去,喝美了。回来,就开了这羊汤馆。1992 年杂技大世界开业召演员请我,我也没去。一来落下几年不干,身上放了肉,练不了功夫,不能糊弄人是不是?二来买卖还行,离不开。

好多人都喜欢到我这羊汤馆吃这一口,为啥?第一,实惠;第二,干净放心。我这是全羊汤,自己熬的。羊身上每个部位的肉都割一块,配上当归、党参、枸杞,还有我自己琢磨的配料,加水后放在大火上煮九开,然后小火慢炖三天三夜,羊肉里面的精髓被慢火一点一点"煨"出来,药材备料里的东西融进汤里,这才叫老汤。全国闻名的三家烧鸡知道不?辽宁沟帮子、河南滑县道口,再一个就是德州扒鸡。德州扒鸡其实是吴桥人创出来的,味道全国人都知道,也是老汤煨的,那是上百年的老汤。咱比不了,咱比吗?比讲良心,比实诚厚道!

小雪这天,下着雨,客人少。来了个小伙子,胳膊夹个皮包,一看就是外地人。他要了一碗羊肉汤,吃完了,八块钱嫌贵。我说:"熟羊肉都五十块钱一斤了,一碗就几毛钱的利。"小伙子嘟嘟囔囔不痛快,掏钱磨磨唧唧,说:"就剩六块零钱了。"我说:"六块就六块,外地人来吴桥是客人,我管顿饭也没关系。"小伙子扭头就走。我一个人生闷气:没见过这样人。过了一会儿,我一扭头,坏了,这小子的皮包还放在桌上呢。打开一看,里面现金、银行卡、发票、工作证、身份证,全着呢,零钱、整钱都有,得有上万块。我也顾不上生气了,急忙追到外面公路上,早没人影儿了。一打听,倒是有人看见那个人往火车站方向走了。我急得直搓手,我儿子正好骑车过来,我把包交给他,想想不放心,要过车子,让他看着摊儿,我骑车追。冬天的小雨冷啊,我出来追得急,没穿外衣,连个手套都没戴,手指头一会儿就冻麻了。我用手肘撑扶车子,两条腿紧蹬。快到火车站了,看见那小伙子蔫头耷脑的。我截住他,一递皮包,那小伙子脸刷地白了,大冷的天,白得吓人。我说:"别害

怕,看看东西少不少?"小伙子缓过神来,哭了,说:"大叔,你真是个好人。"我说:"好不好不敢说。咱人活得实诚,不亏心就是了。"

干小买卖就是这样,啥人你也见得到,啥事你也碰得到。遇见好事你也别太高兴,遇见歹人你也别不喜欢,踏踏实实,平平淡淡,日子,就这么过,你自己去琢磨滋味。

我没念过几天书,也不会说深沉玄妙的话。生活,生活就是这碗羊杂汤,有老汤底子,随你的口味加作料,只要你觉得味道合适,你就会高高兴兴吃个满头大汗。这就是你要的口味,你要的生活。

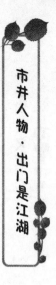

米 嫂

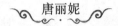

唐丽妮

米嫂在菜市卖米。

米是大白米,筐是大竹筐。两大筐,满又尖。米筐后就是米嫂,一袭雪白掐腰罩裙,一方粉红小头巾,几缕碎发从额前头巾下冒了出来,碎发下是两叶柳眉,一双凤眼,巧鼻丰唇,尖下巴。

米嫂的米,饱满,润泽,半透明,很受欢迎。

量米用的是一个黑桃木短柄椭圆长勺。米嫂的小白手蝴蝶一般泊在勺柄口,在米筐里一个翻跹,刚好两斤,五个翻跹,便是十斤。如过磅,不会多也不会少。熟客是不用过磅的,如是头次来买米的生客,米嫂便给他过过磅。但不管熟客生客,临了,米嫂还会再次"翻跹白蝴蝶",从筐里抓几把米,放到客人的米袋里。

"是我老家的米,山泉水种的,吃了好。"米嫂说。笑盈盈的话语,夹着乡土味,也像她的大白米,粒粒饱满,圆润,从樱桃小口吐出,和了嘴里的热气,被蒸得温温的,软软的。对面的人儿,心里就像爬进了只小花猫,痒。

老牛也痒,是牙痒,咬牙切齿的痒。老牛是米嫂的男人。

"卖米就卖米,你还笑!笑就笑,你还给人家多抓几把!不要忘了自己只是一丁小谷粒!不靠着老子,你现在还窝在山沟沟,黄着皮,瘪着壳呢!"饭桌旁,老牛阴着黑脸,皱紧粗眉,提拎起米嫂的小胳膊。

米嫂不说话,揉揉胳膊上的几条红痕,收桌洗碗,铺床掖被,唤七岁儿子豆豆上床,回头看看老牛。

老牛已是四仰八叉,在人影晃动的电视机前的摇椅里眯缝着眼——在大车间流水线上忙活一整天,他累了。

米嫂温一杯牛奶,轻手轻脚,搁摇椅旁的小圆玻璃桌上。

米嫂抱衣物走进了浴室,回身探头又看看。奶杯空了,那粗人也发出了轻微的鼾声。

米嫂眨眨眼睛,低头,咬唇一笑。她可不怕老牛,发火也不怕。米嫂谁也不怕。在家她是老幺妹,上面有三个哥,谁不宠着她?讨哥哥们的喜欢,那可是米嫂的长项。何况是一老牛。

瞧,夜幕厚了,夜露落了,草间湿了,土地润了,白天太阳的热燥气早就溜得不见踪影了。那老牛滚倒在床上,一夜酣睡,拂晓醒来,又巴心巴肺地帮米嫂把高高一大板车白米拉到菜市场了。

米嫂呢,立在米筐后,白裙粉巾,笑语盈盈,"白蝴蝶"翩跹,翩跹,不断地翩跹……

不过呢,有一个事,老牛死也不松口。

米嫂想租间门面,雇俩小工,办一个家乡大米经营部。

"哼!哼!你以为你姓牛啊你!租金呢?米本呢?税金呢?还经营部,一个初中生,你做得?哼!"老牛说着,两只牛眼斗竖,像支棱起的牛角。

"臭谷子,天生是摆摊的贱命!想当老板娘?!白日梦!"老牛继续说,还对着米嫂挥了挥大拳头。

米嫂发愁了,紧抱手臂顺着墙根蹲在地上,柳叶眉皱成了小蛾虫。后来,米嫂就失踪了。菜市场不见了翩跹的"白蝴蝶",豆豆找不见妈妈,大牛找不见老婆。

几天后,米嫂突然又出现了。黑了,瘦了,下巴更尖,鼻子更尖,眼神却更精亮,一眨一眨,像黑夜里的两道星光。

原来,这几天米嫂办了好多事:贷了点款,谈定了门面,找了小工,工商局那儿也挂了号。米嫂还回了趟老家，跟乡亲们订好了米。先代销，资金到位后再收购。

还犟着劲，开业那天，老牛原不想去，想想还是去了，站菜市路口那边看。

可真热闹，鞭炮声，叫卖声，车鸣声，混杂在菜市场特有的味道里，不绑不束地散过来。老牛吸吸鼻子，一眼就看到菜市口有一个新开的店，前面摆几个花篮，门额上挂有一块绿底青字的长匾，"家乡大米经营部"七个大字特别醒目，那"米"字特别大特别长，白色，写得不像字，像是画的稻花。白裙粉巾的米嫂就站在大白"米"字下面，笑盈盈地向来宾致谢。

老牛揉揉眼睛，咕嘟一句："这小谷子，开花了？"

米嫂踮脚看了看，就看到了路口那边的老牛。

看到了老牛，米嫂眨眨眼睛，低头，咬唇一笑。

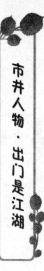

特殊假

蒋 寒

搬到六环外，女人发现，赵四不上班了。问他，赵四解释，老总批了搬家假。

搬家假也太长了，两周过去，女人心里打鼓又不敢发作，说："你们老总对你真好，都半个月了，还不找你回去上班。"

赵四淡淡地说："天塌了，有工资顶着呢。"

"嗯。"女人理解赵四，因为每月赵四会准时将工资交给她。"嫁给你，俺不后悔。"女人后悔的是，离开城里的军队大院，缝纫机算是废了，郊外的乡亲们节俭，没有官兵那么多的拆拆改改……

黄昏，两口子温馨地靠在门口，欣赏着面前永定河美丽的倒影，同时让周边的老头儿老太太欣赏着他俩。两口子很得意，是那种城里人被乡下人欣赏的得意。是啊，没钱谁敢这样浪漫？

赵四感叹："这是上帝为咱俩放的特殊假！"

"也不知儿子在外面咋样了。"女人说。

"别提那臭小子，提他就上火！"赵四转身回屋，"搬家也没回来。俺是担心他能不能找到这个新家。"

"臭小子腿长，翅膀硬，放心吧。"

一夜无话，每回提到那臭小子就无话。翌日一早，赵四斜背着包进城了。女人暗自庆幸，当家的总算去上班了。

赵四不上班，女人仿佛感到天要塌似的。以前，毕竟有她那台缝纫机支撑着。眼下不一样，家在男人脚下。男人不出门，家就飘摇不定，说不准哪天随风飘进永定河……

赵四一走，周边的女人们伺机凑来问长问短，问她男人在哪儿高就啊，在哪儿发财啊，没完没了。邻里乡亲的，女人又不能孤立自己啊。一来二往，混熟了。

女人们再看见赵四从城里回来，就刮目相看，悄悄夸赞道："是个主任。回头求他给我家那小子弄到城里去。"

赵四回家，见邻里乡亲主动跟他点头招呼，胸膛就挺高了，声音洪亮了。一来二往，熟悉了。周末时，他还跟前院张大爷、后院李老哥到永定河畔钓鱼，聊卢沟桥的故事。

赵四的钓鱼技术越来越高，有时一个人钓的竟超过一群老爷儿们钓的。餐餐鱼香飘，吃不过来，女人建议拿到市场上卖。

女人数着一大沓钱，兴奋道："老公，比你上班强啊！"

赵四趁机玩笑："你的意思，咱不用去上班了，天天钓鱼得了？"

"哎哎，班要上，鱼也要钓。跟老总请几天假，这样一来，每个月拿的可是双倍工资了。"

"遵命。"赵四嘿嘿笑着。

永定河畔打发时光的老爷儿们吃惊了，见赵四不仅周末来钓，上班时间也来钓。张大爷疑惑道："赵主任，又不上班啊？"

"呵呵，休假。"赵四的眼睛死死盯着鱼漂。

"休特殊假吧？三天两头不上班。"李老哥开起了玩笑。

"对对。"赵四的眼睛死死盯着鱼漂。

鱼漂动了，赵四小心起竿，鱼线马上绷直，钓竿慢慢弯下去。赵四两腿扎在河畔，双手握竿，顺着拉直的鱼线左右摆动。

老爷儿们扔竿观战，还指挥着赵四往左往右，见鱼在水下折腾累了，齐

市井人物·出门是江湖

声喊："拉！"哇！一条大腿般粗的红鲤被赵四慢慢拉到岸边。

当晚，老爷儿们挤在赵四家喝酒。

赵四真是小瞧了这帮生活在永定河畔的老爷儿们了。之后，不见老爷儿们钓鱼，而他独自去到河畔，连小虾都钓不起来了。

赵四和女人忽然明白，每个人来到这个世上，都有自己的生存之道，那是别人根本无法揣摩到的。

在这样的环境里，赵四感到了一种生存恐慌。赵四是从城里被挤到郊外的，下一步又会被挤到何处？他不得不坚持去上班。

邻里乡亲再碰到他，表情忽然不再友好了。女人们撇嘴道："还是主任呢，钓鱼让女人拿到市场上卖，呸！""对啊，亏他想得出。"

听到闲话，女人也无地自容。

女人万万没有想到，周边的女人们会去跟踪赵四。女人们戳穿了赵四的谎言：赵四根本没单位，根本不是什么主任，一直在城市边缘捡垃圾卖，赵四就是个捡垃圾的。

女人明白了，原来赵四每月上交的"工资"……

"大妹子，不好了！"女房东敲开门，急急地说，"快，你家男人在公园门口被几个捡垃圾的打了。"

女人的心"咕咚"一声掉进了永定河。

女人看着躺在一堆废纸箱旁的赵四，泪如泉涌，心如刀绞，咬牙抱着赵四，质问道："原来你一直这样上班？"

赵四痛苦地挣扎起来，欲解释。

女人忙捂住了他的嘴："上帝给我们的特殊假呢！"

女人心疼的小拳头雨点般飞向赵四。

武者风范

闭 月

那年夏天,我从省城开会回来,下车时天已经黑了。我住的地方很偏僻,丈夫外出,没人接我。望着被黑暗笼罩的城市,我不禁有些害怕。

"坐车吗?"正这时,就见一辆三轮车迎了过来。蹬车的是位老人,穿着朴素,精神矍铄,和蔼可亲。

"坐,到后马庄,您知道路吗?"

"知道,上车吧,三元钱。"我二话没说,就上了车与老人一起,穿梭在苍茫的夜色里。

老人的车蹬得又快又稳。一路无话,快到家的时候,一直轻捷欢快的车,却忽然变得沉重起来。老人似乎也感到了异样,便急忙刹车,跳下来对我说:"妮啊,对不住了,车爆胎了,你家还有多远,我走着送你吧,车钱俺就不要了。"

"不用送了,我家就在前面,我自己走吧。"无奈,我只好下车,把准备好的钱递给了他。

"不行,我还没把你送到地方呢,这钱我不能收。"老人一摆手,推着车转身就走。

"不,大爷,我就快到家了,这钱您应该拿着。"我急忙追上前去。"说不要,就不要,不该要的钱我不会要的。"老人不但没接,反而加快了步伐。趁

127

他不备,我就把那三元钱,扔进了他的车厢。

老人走了,我只好壮着胆子,独自向家走去。走着走着,突然从前面小巷中蹿出来两个黑影,拦住我的去路。"站住!别走了,把东西放下,陪哥们玩玩再走,嘿嘿……"说着,就向我逼来。

"来人啊——救命啊——"我见势不妙,情不自禁地发出歇斯底里的呼救,转身就跑。但已经来不及了,一个男人恶狼般地扑了过来,一把夺走了我手中的包,并把我拽进了怀中——

"住手!"——随着一声呐喊,只见不远处又飞来一个黑影。黑影轻如风,快似箭,眨眼就来到我们面前,就在那两个男人一愣神之际,黑影便以迅雷不及掩耳之势,向他们发起了攻击。还没等我看明白怎么回事,随着几声杀猪般的惨叫,两个男人已经被掀翻在地。他们再也不敢还手,急忙磕头求饶:"师傅,师傅,饶了我们吧,我们再也不敢了。"

"滚,快给我滚,再让我知道你们不干人事,我绝饶不了你们!"话音刚落,那两个男人就连滚带爬地消失在夜色里。

"谢谢您,大爷,多亏您了。"这时,我已经看清这个救我的人,就是刚才那个蹬三轮车的老人,便急忙走上前去连声道谢。

"吓坏了吧,妮?幸亏我没有走出多远……唉!这些禽兽不如的东西,我还是把你送回去吧。"

此时,魂飞魄散的我,再也不敢逞强。老人把我送回了家,连门也没进,就匆匆离去了。

几天后,丈夫王凯回来了,我便跟他说了此事,丈夫拉起我就走说去找那个恩人。

我们到了车站,果然在那些等活儿的三轮车群中找到了老人。

"大爷,您会武术吧?那天晚上您的身手简直太快了,直到现在,我还以为在做梦呢。"向老人致过谢后,我又情不自禁地问。

"其实也没什么,我老家是沧州的,为了投奔女儿才到衡水。沧州出身的人,哪个不会点儿三脚猫的功夫。"

"大爷您过谦了,我是'三小'的体育教师,很想学点武术,将来好在学校办一个武术培训班。我有意拜您为师,您就收下我这个徒弟吧。"王凯说着就要下拜,却被老人拒绝了。

"不行,不行,我已经发誓,再也不收徒弟了。"老人说完跳上三轮车,蹬着就走。

就在我们望着老人的背影不知所措的时候,旁边一位蹬三轮车的汉子说话了:

"你们俩啊,就死了这份心吧,老高头以前也收过一个徒弟,可他出徒后却不学好,经常干一些打家劫舍、偷鸡摸狗的勾当,所以老高头就发誓,再也不收徒弟了。不过,这家伙的功夫可真不错,沧州武术的八极拳、劈挂拳、六合拳……几乎样样精通。如果不收徒弟,还真有点可惜了。"

"这样吧,我告诉你们一个秘密,老高头每天早晨都到人民公园练功。学艺不如偷艺,你如果真想学,就到那里找他吧。"

丈夫果然依计行事——从那以后每天早晨都到人民公园跟高师傅学艺。刮风下雨、寒来暑往从不间断。时间久了,高师傅就被他的执着和诚意所打动,便收下了这个徒弟。不久王凯又在学校办起了武术培训班。

在后来当地的首届武术节上,王凯率领的武术班在会上登台竞技,一展风采,博得了广大观众的一致好评,并荣获擂台赛的冠军。

当王凯拿着奖杯再次寻找老人时,老人已经不知去向。

窗外正雨过天晴

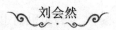

刘会然

　　坐在我对面的是一位西装男,脸上布满沧桑。他左手深深插在裤袋里,只有大拇指外露。此时,我和他正等候在税务大厅。

　　男子瞥了一眼我正看的杂志。他立即断言:"那篇《美女与皮鞋》是你写的吧。"我极其惊愕,他怎么知道?

　　男子说:"既然你是作家,我就讲一段我朋友的真实故事给你听吧,或许你能再次把名字留在这本杂志上。"我赶紧放下杂志,把笔记本摊开,做记录:

　　……那还是二十世纪八十年代初,那时他才十六七岁,由于父死母离,家庭倾塌,他选择辍学,出走兰城。在兰城,他遍寻工作,但由于懒散,师傅们都厌恶他,纷纷弃他于门外。

　　他在街头鬼混,被一夹克男盯上,很快,他被迫加入兰城扒窃团伙。起初,他不情愿成为恶心的"三只手",但他走投无路,为了不饿死,他开始苦练扒窃技巧。其实很简单,就是在沸腾的水里用手指瞬间夹起肥皂或刀片。扒窃犯只能选择一只手进行操练,因为他们俗称"三只手",不是"四只手"。他选择了左手。开始的时候,面对沸腾的水,手惧。"师傅"狠逼他的五指入水,整个手指浮肿,皮肉绽开,血浆模糊。三个月后,勉强能夹起,半年后,左手能在眨眼间夹起数块肥皂或刀片。

扒窃生涯开始了。起初,他总会选择一些富有的人下手,因为他来自农村,不忍心农民受害。但"师傅"给他的任务很重。他没有选择的余地,逮到人就下手。但他看到那些被扒窃的人失去钱包后的号啕大哭,起初也会内疚,后来就麻木了。

一次,为了完成严峻的额外任务,无奈,他混到医院——医院本来是他们这行的禁地。他选择了一个正排队买药的年轻妇女下手,很快扒窃成功。丢钱的妇女哭得倒地翻滚,因为她的儿子患了眼瘤,举家借债来为儿子动手术,可他却把她的钱一锅端。妇女哭天抢地,身旁的人也陪着流泪,真是天不怜人。

他心如火煎水熬,选择悄无声息地把钱包放回妇女的口袋。他看到了妇女重新找回钱包时的喜极而泣。

因为他破坏了行规,就是到手的钱哪怕是亲爹的都不能还回。他遭到了砍去四个手指的行业里最严厉的惩罚。

少了四个手指的他行动起来再也不利索,有几次被人发现吊在树上打,被打得死去活来。他真想脱离这一行,但他完全丧失了生活的信心,特别是少了手指的他,离开这行还能干什么?

手指的缺损,他难以完成"师傅"下派的任务,在队伍里也就颔首低眉,被人耻笑,时常挨饿受冻。为了照顾他,一位好心的师兄安排他去长途汽车站售票厅。售票厅是他们这一行的大肥肉。

可由于他笨拙的身手,车站很多工作人员都认识他。工作人员怕报复,不便阻止他扒窃,但他们一看到他出现就会提醒排队的乘客。而且,很多乘客看到他的歪头跛脑样就会哈哈大笑。

那次,他挤在买票的长长队伍里,前面是一位披风男,后面是一位老妪,老妪带着一个小孩。他寻思着对前面披风男下手,可一旦他把手伸出,老妪都会有意要小孩叫他叔叔。他纳闷,老妪为何要多次阻挠他,难道老妪发现自己是"三只手"了吗?老妪越阻挠,他越欲罢不能地想下手。紧张和恐惧使得他汗流浃背。老妪或许是脚站累了,忽然拍拍他肩膀说:"小伙子,看你

年纪轻轻的,腿脚好好的,我脚站痛了,你能不能帮我买一张去省城的车票?"还没有待他回应,老妪就把一张大钞交给他。

此时,他却手脚无措起来。多年来,都是他扒窃别人的钱,还没有谁会主动献上"猎物"。此时他感到左右为难,卷走这张大钞去完成今天的任务轻而易举,但看到老妪充满信任的眼神,他打消了这个念头,他老老实实地排队帮老妪买好了票并递回了多余的钱。

老妪一脸的高兴,说:"小伙子,你好样的,看,窗外正雨过天晴呢……"

窗外正雨过天晴。他很纳闷老妇女会对他说如此温馨的话,这也是他几年来听到的最暖心的话。那天,他没有完成扒窃任务,却不沮丧。

他回"家"后,同伴们哭笑不得地发现,不知谁恶作剧地在他的后背上贴了一张纸条:我是六指扒窃犯! 字迹醒目无比。

…………

西装男好像讲完了,他开始靠在椅背上沉默。我则把稿件用最快的速度润色好发到杂志编辑的邮箱。一会儿,从税务大厅侧门走来一女性办事员。女子说:"黄总,我们还是到 VIP 窗口去吧。"他把左手从深深的裤袋里掏出,用大拇指朝我挥挥手算是告别。

此时,税收大厅的显示屏正播放兰城去年纳税冠军的采访录像。细看冠军,原来就是传说中的六指黄。我好像在哪里见过此人,但书生气浓郁的我对文字异常敏感,对再熟悉的人也会瞬间陌生。想不起就不想了,窗外正雨过天晴呢。

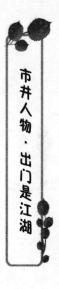

孔老太

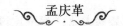

孟庆革

大年初一，是孔老太一年当中最重视的日子。儿孙们想在饭店摆几桌，央求几回，孔老太坚决不允。她把烟袋锅敲得震山响，说："回家过年，去饭店算啥哩？净出幺蛾子。"

孔老太常说，属虎的女人命不好，克人。她早早送走了孔老太爷，一个人拉扯着仁、义、礼、智、信五个儿子过活。一想到那些灰突突的日子，孔老太就牙疼，钻心疼。

孔老太每天捏着孔老太爷留下的烟袋锅，总算把苦日子熬出了头。想想四代同堂的热闹劲儿，三张餐桌，把个房子撑得满满的，三十多口子，把楼板也踏得颤颤的，孔老太就喜得合不拢嘴。

大孙子端过茶水。孔老太润了嗓子，笑眯眯地递回茶碗，拉大孙子坐下，手向那屋一指，低声说："我看你老弟弟这个对象不咋地。高颧骨、吊梢眉，十个指甲染成花，那大耳环，赶上个车轮子。头回来家，大呼小叫打麻将，没个规矩样子，我是没看上。"

大孙子满脸堆笑："老祖宗，家里的大事还不都得听您的！"

孔老太紧皱的眉舒展开，笑道："这小兔崽子三年换了仨对象，害得我年年给见面钱。"

大孙子揉着孔老太的肩头道："老祖宗，老话讲，厌烦啥，来个啥。您不

喜欢这个娇娇,可千万别说烦,不然真成了,那可咋办?"孔老太就哈哈地笑。

老儿子、大孙子,老太太的命根子。左邻右舍见天向她报告:您大孙子又上电视了,又听您大孙子上电台热线了!孔老太就忙叨着让人家吃新鲜水果。逢年过节、初一十五,大孙子必定大包小裹地来看孔老太,总要装一袋烟给她点上,再劝她少抽烟。孔老太喷一口烟,眯缝着眼说:"烟袋是我的骨头,你是我的脸面啊!"

老儿子宪信却扯得孔老太心肺都痛。年夜饭前他打电话来,说初一有事不一定来。孔老太敲着烟袋锅大骂:"啥事比过年大? 哪个比你妈亲?!"

午饭时辰,还没见这夫妻俩的影子。孔老太就吼老孙子:"你爸、你妈又吵架了? 给你爸打电话!"

老孙子答道:"谁管他们的破事儿,爱离不离。别等了,快开饭吧,我和小娇娇还要去过情人节呢! 奶奶,你知道不,今年春节也是情人节,中西合璧,三十八年遇一回呢。"

正嚷嚷着,宪信领着一个陌生女人进门来,讪讪地道了一声:"妈,过年好!"那女人也跟着行礼:"婶儿,过年好!"

孔老太惊愕地看着陌生女人跟在老儿子身后,去给哥哥、嫂子们行礼,拜年。

该来的、不该来的都到了,孔老太下令:"各桌打麻将的开始轮庄,满一圈儿,就开饭。"

鱼肉上桌,酒水开瓶。大孙子举起酒杯:"这头一杯,全家人敬老祖宗,祝您老身体健康,长命百岁。"

这时门铃响,宪信媳妇披头散发冲进来,扑通一声跪在桌前:"妈,你老太太最讲理,求你给我做主啊。"孔老太端着酒杯,大张着嘴巴,答不上话。

大孙子喊人拉起那跪着的,又忙去安慰孔老太:"老祖宗,先让大家把酒喝了,您坐下慢慢说。"

孔老太放下酒杯,望望眼前一大群孙男娣女,点上烟袋锅:"今天大年初一,也是西方的情人节。我给小娇娇讲个我们家的爱情故事。那是二十五年前的大年初一,天寒地冻,大雪封门啊!那时穷困,我攒多半年的肉票,到过年也不够每人分一块红烧肉。那天也是我们一大家子一起过年,突然一个姑娘闯进门来,穿着单衣,赤着双脚,一下子就扑到我的怀里。大家伙儿赶紧用被子把姑娘围住,端进一盆雪来,我就赶紧用雪给姑娘搓脚。抱着姑娘红肿的双脚,我的眼泪哗哗地,把盆里的雪都淋化了。我打心眼里就认定了这个姑娘就是我家的人了。安顿好了姑娘,我带着儿子就去姑娘家了。在人家门前冻了两个多小时,才让我进门啊!我说孩子们是真心相爱,咱们做老人的就成全他们吧!磨破了嘴皮,说尽了好话,亲家终于同意把女儿嫁给我那不争气的儿子了!二十五年呀,他们的儿子都有对象了。时间可真不短了,可是那情景像是就在我眼前啊……"

宪信媳妇倒在沙发里,双手捂脸号啕大哭。宪信涨红着脸,讷讷地站起来取了毛巾,放在沙发上。

听得入迷的娇娇这时才发现,随宪信来的女人不知啥时候悄悄地走了。

犯　傻

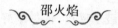

邵火焰

　　海冰本来很喜欢红色，可是由于某种原因，他对红色竟产生了恐惧。海冰明白那是因为他害怕看见请柬。

　　望着客厅茶几上的几张鲜红精美的请柬，海冰感觉脑袋在慢慢变大。这几张请柬给他带来的唯一好处是：这几天老婆阿惠回了娘家，中餐不用自己动手弄饭，直接到请柬上写的酒店去就行了。但那随礼的钱让海冰心里发紧。五百多号人的单位，隔不了几天就有人送来请柬，不是张三的儿子结婚就是李四的女儿出嫁，不是王五的女儿考学就是赵六的父亲做寿……这请柬都发到了家中，都是单位的同事，低头不见抬头见，能不去吗？海冰想起了孔子说的一句话：苛政猛于虎。海冰把这句话改了，改为：请柬猛于虎。海冰想，这样下去真是承受不起，得等老婆阿惠回来后想个办法，尽量避免接到请柬。

　　还有一张请柬没吃完时，阿惠就回来了。阿惠一进门就高兴地说："我回来时路过街上的服装超市，进去逛了逛，看中了一件女式套装，正在打折销售，原价八百元，现价三百五十元。我想去买下，你手里还有没有钱？"海冰说："钱倒是还有五百元，可是那是留给女儿在学校吃伙食的，再说明天还要去随个礼，还不知这几天有没有请柬来。"

　　阿惠脸上的笑容没了，她随手拿起茶几上的一张请柬问："这家去了吗?"海冰一看那名字,说:"还没去,明天去。"阿惠放下请柬,一边摇头一边说:"不去行吗?"海冰也摇头:"不行啊,你没听过这句话吗?'翻墙躲债主,借债赶人情'。"

晚上,海冰和阿惠仍然在想着请柬的问题,话题自觉地聊到了怎样尽量避免接到请柬上。

他俩想了很多办法,比如,海冰找单位请求出差,阿惠回娘家去住一段时间;海冰病了,请一个月的病假到外地治病,阿惠一起去照顾他……但仔细想想都不切实际,躲得了初一躲不了十五。夫妻俩躺在床上烙着烧饼,最终也没想出一个可行的办法。

墙上的挂钟敲了十二下时,他俩还在嘀咕。突然,海冰在被窝里挠了一下阿惠,兴奋地说:"我想到了一个好办法。"

"快说,什么办法?"黑暗中,阿惠瞪大了眼。

"下个月不是女儿十岁的生日吗? 我们从明天起放话出去,女儿十岁生日不请客,这样那些想请我们的人看到我们不请他,他们还好意思送请柬来吗?"

阿惠闭着眼睛好半天没说话。海冰问:"你说话啊,这样行吗?"

阿惠这才说:"行倒是行,可是,我们以前放出去的那么多礼,岂不收不回来了?"

这个问题海冰不是没有考虑过,海冰说:"为了以后不再在人情债的旋涡中打转,前面送出去的那些钱就当买了彩票没中奖吧,毕竟还有人情在。"

阿惠没再说什么,夫妻俩达成了共识:明天起放话出去,女儿过十岁生日概不请客。

第二天,海冰就在单位放出话说女儿过十岁生日不请客。阿惠上街买菜遇到熟人也说着同样的话。

没想到这一招还真见了效,几天后有两个认识但没打多少交道的同事,一家乔迁新居,一家媳妇生孩子,就没发请柬给他们。

日子过得很快,女儿十岁生日到了。海冰和阿惠商量,宝贝女儿过十岁

也不能太简单,还是要到酒店去庆祝一下,把几个平时关系比较好的人接到一起,热闹热闹。

可是,接谁又不接谁呢?这让海冰又为难了。那些平时关系差不多的,接这个不接那个,岂不让人说三道四?

阿惠很细心,以前给人家随了多少礼都有记载,她拿出随礼的名单一个一个地看着,小声嘀咕:"谁该接,谁不该接呢?"看着看着,她的注意力却转移了,不再看名字,而是看名字后的数字。阿惠粗略地计算了一下,这几年随出去的礼钱竟然有四万多元。阿惠心里一惊:这四万多元要是都收回了,如果不作他用,仅仅留着以后用来随礼,岂不是可以管上几年?阿惠突然感觉到女儿过生日不请客收礼是比傻子还傻的行为。

阿惠向海冰说了自己的打算,海冰心里的算盘一拨拉,觉得老婆说的话还真有道理,也顿时感到当初放出那话是脑袋进水后犯傻的表现。

海冰买了厚厚一沓十六开的大红请柬,照着单位办公室拿回的名单,把熟悉的和不很熟悉但打过交道的人的姓名一一地填写到了请柬上。再看那一片鲜艳醒目的红色,海冰的恐惧感消失了,反而有一种说不出的亲切感。

女儿生日那天,高朋满座,喜气洋洋……

水　柳

吴富明

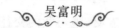

与水柳相识，是在朋友相约的晚宴上。

她，一头秀发披肩，如枝条摆动的身子从我眼前经过时，我并没太在意她是谁。我只是很随意地看了看，觉得那是一种美。

朋友说："天井兄，这是我的朋友水柳，你们认识一下。""哦，很高兴认识你。"我对水柳点了下头。水柳说："天哥哪里高就呀？"我说："不高就，低处找食呢。"朋友哈哈一笑说："天井兄爱开玩笑，你别介意哟。"水柳也呵呵一笑说："好玩的人儿。"

饭后，我了解到，水柳来自广西某个大城市。是我朋友在广西做生意时认识的。

后来，也不知何种原因，水柳便跟着我朋友来到了我所在的江南小市。

水柳是个说话痛快的人。她说："天哥，如果有一天，你也像你朋友一样在某个场合认识了我，你会想什么？"我说："多个朋友多份友谊呀，好事呢。"水柳说："你真会说话，可现实未必会是这样啊。"

我不明白水柳的话。我也不想知道，因为每个人的人生轨道本来就不一样，何况她是我朋友的朋友呢，谁知道他们内心里处着什么关系呢。于是那次与水柳的谈话，我始终是作为听者，这倒离我的个性远了些。

不久以后，我见到了水柳，也见到了水柳所说的某个场合，也就是花场。

我并不吃惊见到她,倒是水柳吃惊见到我。

她说:"天哥,怎么就一个人? 你朋友呢?"

我说:"他忙,正与广西来的黄老板谈生意呢。"

水柳脸上的表情突然变得愤怒起来,她狠狠地说:"别理那个黄姓畜牲,要不是当年你朋友是正人君子,我恐怕就成不了今天的我了。"

我说:"怎么啦? 你与黄老板有恨?"

"当年,由于生意之间的纷争,黄老板硬逼着我去引诱你朋友。要知道,当时我可是黄的唯一的女朋友呀,他与我的交往不过是利用我为他的生意铺路罢了。"

"后来又如何?"我问,"你与我的朋友处上关系了?"

"现在想想,有才好呢。"水柳说,"你朋友那人较正直,他认为,这种场合的爱情是靠不住的,只有时间才可以验证一切。他对我说,如果可以的话,就跟着他去江南小市谋生活吧,毕竟那里是他的家,他可以处好关系的。于是经他朋友推荐,我进了演艺会所,因为我毕业于艺术学院,这方面就容易多了。"

"怪不得你与众不同。我说,这大概就是你学校练就的基本功了,形体美着呢。"

"你爱这里吗?"水柳问,"来这里的可是什么人都有,你不怕别人也将你纳入惴想一族?"

"呵呵呵,"我笑着说,"惴想一族倒不怕,怕的就是真性情、坏思想呢。"

水柳也笑了。她说:"你像你朋友,来此就为个热闹,开心,什么心思也没有呢,小女子佩服呀。对了,大哥,玩色子不?"

我说:"不会呢。"

她说:"那我教你吧。花场的热闹哪有色子声好听呢。"

"是吗?"我说,"除了别的,这倒可以好好试试。"

水柳笑笑说:"来这里的人,形形色色,如同色子声响,关键是看玩色子之人的心态。先生,你有定力吗?"

"定力?"我迟疑了一下,说,"既来之,则安之,此为休闲之处,而非休养之处呢。"

水柳上台走秀了。纸爆竹响了许多次,她脖子与肩上的花环与彩带披挂许多。美人儿在花场谁都喜欢。水柳表现得妩媚,但不妖艳。她台风自如,表情略带笑意,一招一式走得从容。我鼓了鼓掌。

我边上的服务生说:"先生也喜欢看走秀?"我说:"美的东西谁都喜欢的,何况,这是花场,没了花似乎也热闹不起来了,对不?"服务生点了下头,说:"还是先生明眼,一语中的。"

水柳下台后笑着问我:"天哥真喜欢这儿吗?"我说:"喜欢呀,可以近距离看到表演呀。"水柳一笑说:"天哥真会绕题,我说的天哥定是明白的。"我说:"喝杯酒吧,酒才是真主人呢,为了酒互干了吧。"水柳又笑了起来,并将酒一饮而尽,说:"我谢客去了,天哥慢坐。"

我自己静静地喝了一杯酒,然后又与服务生聊了起来。

"水柳原来是领舞的,头牌呢。"服务生说,"我刚来时,在这里做保安,那年,有个客人为她狂奔而来,每晚掷下成千上万元的花单,说是要和水柳交朋友。水柳说,交朋友可以呀,花场就是约会地,除了此,她无从去。水柳一直都保持着自己入场时在心里立下的规矩:做好自己,不累他人。虽然,许多客人常有歪心思,但客人们都对她从心里敬重,因为自重的人,一定会得到他人更多的尊重。"服务生说完这些,感叹之情显在脸上。

"是呀,快乐本来就是简单的。"我笑着对服务生说,"每个人都只要做好了自己,花场就成了一场快乐的盛会了。可惜,许多人是带着另一种思想来的,因此,只要走近这里,似乎就被带上了某种色彩了。"

几个月以后,我又去了那个演艺会所,夜晚依旧是那么热闹,我第一次给水柳送了花。

水柳也并不惊异我的行为,她下台后直奔我的卡座,端起酒杯说:"天哥,谢谢你的花。"

我说:"都是朋友,不言谢,是你的品性让我决定试一回送花的感觉。"

水柳愣了一下:"品性？我一个这种场合的演员,能有这么好的评说?"

"前段时间,我去参加为灾区捐款及献血活动,你猜我看到谁了?"我说,"真想不到,你竟然会和我朋友一道,参与社会公益活动呢。"

水柳说:"就为这个呀,不值一提的,我只是做了我该做的事。何况,这也不是什么大事,当年我还跳入西郊的河中救起过一个落水男孩呢。"水柳说完,平静地看着我。

"呀,那个西郊的男孩是你救的?"我大吃一惊,当年救人者没留下任何名姓就默默离开了。许多人都还在寻找那个救人者呢。真想不到啊!

"没什么的,我曾是校游泳队的主力队员,获得过市级比赛奖呢,如今,在这花场很不协调吧?"水柳有些无奈且感慨地说,"人生不管做什么,我会坚持自我的。"

"很好,"我说,"你会做到的,花场需要这种个性的人。"

"谢谢,天哥。"水柳说完,喝下一杯酒,然后又很快乐地上了舞台。

真情如梦

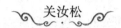

关汝松

　　刘老太太是什么时候加入宿舍前的人群的,没有人注意到。很多人家中都雇了保姆,有看孩子的,有做饭的,不管城里人乡下人,大家都在挣钱,无所谓。

　　小王是这个楼里的住户,她怀孕了,身子很笨,也跟大家在楼前说说笑笑,坐在小椅子上聊家常。刘老太太常常在她的身边。刘老太太带着个小女孩,两岁了,很可爱,也很调皮。那女孩在小王跟前玩时,有一次竟然像在她母亲的怀抱里一样,把头靠在小王的肚子上。刘老太太喊她:"快起来,阿姨肚子里有小宝宝,你别碰着了!"那女孩笑着,站起来撩起自己的衣服,拍着小肚子说:"我肚子里也有小宝宝!"把所有人都逗乐了。刘老太太把她拉过去,往她的脸上刮了一下说:"不知羞!"

　　后来小王的身子越来越笨了,还得到菜市场去买菜,回来自己做饭。刘老太太就问她:"你丈夫在哪儿工作? 他不能回来做饭吗?"小王说:"他在公司上班,很忙,有时加班半夜才回来。"刘老太太说:"你要不嫌弃,我帮你好了。"小王喜出望外,不用找就来了个钟点工,太好了。

　　当然,小王是明白人,刘老太太是有任务的,那就是看孩子。小王于是在刘老太太帮她买菜和做饭时给刘老太太照看那孩子,除了逗孩子玩,还给孩子讲美人鱼、白雪公主和七个小矮人的故事,有时还教简单的汉语拼音和

看图识字。那个孩子的家长知道后非常高兴,他们正在为孩子的智力开发发愁呢,刘老太太就找了一个好教师。他们要给刘老太太涨工资,刘老太太拒绝了,她说她帮助那姑娘是那姑娘确实需要帮助。

小王中午在单位食堂吃饭,所以刘老太太只是帮助她做晚饭,但她很认真,每次都让小王提出所需要的营养食品,她买菜时尽量注意。另外,刘老太太在小王家做饭时很谨慎,她知道如今城市里的人特别注意保护自己,所以她从来不去厨房以外的地方,饭菜做好了就接过孩子下楼。

只有一次例外,小王把随身的小包掉到卧室的地板上了,她想自己拾起来,可是肚子太大,身子太笨,弯不下腰去,就喊刘老太太。开始一切都很自然,后来,刘老太太看到桌子上一张发黄的老照片时,身子抖动了一下。

小王问:"你怎么啦?"

刘老太太说:"这是——"

小王说:"这是我爸我妈结婚时的照片。"

刘老太太说:"那,他们现在呢?"

小王说:"他们病故了。"

刘老太太没有再说什么,眼睛里含着泪水。小王想,老年人可怜老年人,这老太太热心肠哩。

不久,小王住进了妇产医院,生了一个同样可爱的小女孩。这回丈夫有了假期,可以照顾她了。到了家里,她想起刘老太太,除了她做的可口的饭菜,还有和她在一起的日子。小王就跟丈夫说了,丈夫说:"那好说,咱们还像钟点工那样请她,给她报酬。"

宿舍楼前依然热闹,但不见了刘老太太的踪影。小王就让丈夫问,看她是给谁家看的孩子,想办法请她到家里来一下。丈夫很快找到了那户人家,人家说刘老太太已经辞去工作,不知道去向,只是留下一封信,说是给小王的。

小王急忙打开信,见有一沓纸币,还有一张纸条,写着这是小王给她的做饭的钱,另外还有一张翻拍的照片。小王看了脸上悲喜交加,很复杂的表情。

丈夫问:"怎么回事儿?"

小王说:"你仔细看,照片上的这个女人是谁?"

丈夫看了,照片上的男人是小王的父亲,而那个女人,虽然是年轻时候照的,却能明显看出是刘老太太当年的身影。他们惊诧不已,小王更是感到不可思议,这个和自己没有血缘关系的女人竟然是自己父亲的前妻。

一切都发生在现实中,一切又仿佛发生在梦境里。

小王流泪了,她终于忍不住双膝跪地,朝着窗户外面遥远的地方用颤抖的声音喊了一声:

"妈妈!"

擦肩而过的爱情

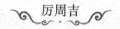

厉周吉

我是在看电视时认识她的,当时她在参加一档电视相亲节目。她的名字叫江琳,口才好,气质佳,素质高,是难得的美女。

当然,不单我这样认为,参加节目的其他男嘉宾也都这样认为,甚至有不少男嘉宾就是冲着她来参加节目的。然而她很少为男嘉宾停留到最后,即便偶有特殊情况,关键时刻,她也一定会退缩。每当主持人或男嘉宾问她原因,她总能说出非常恰当的理由。

多数男子碰壁后,都退缩了,有个男子却在接连遭遇两次拒绝后,又一次来到了电视台。这个男子很优秀,有几位女嘉宾看上了他,但这个男子对她们毫无兴趣,一心只追江琳。大家都觉得江琳难以理喻,甚至有人猜测她来参加节目,根本不是为了找对象,而是另有所图。此后不久,江琳就离开了那档节目。

想不到几个月后,我竟然与她在现实生活中见面了。那时我到外地进货,她也在进货。进完货,正好到了中午吃饭时间,我以她的粉丝的名义,请她到附近的饭馆吃饭,她很爽快地答应了。吃饭时,我问她现在的恋爱情况,她很坦然地说,她打算首先经营好自己的服装店,等有了经济基础之后再说。

我问:"如果你的店一直经营不好呢?"

"那就一直不找呗!"她莞尔一笑,接着说,"凭着我聪明的头脑和不错的人气,我的店一定会经营得很好的。这不,刚开业几个月,生意就压过了很多老店。"

"难道你参加节目不是为了找对象,而是为了积累人气?"我有些吃惊。

她再次莞尔一笑,不置可否。

此后,我进货时又有几次与她碰面。从她进货的频率和货物数量来看,她的店应该经营得很好。

令我吃惊的是,一年之后她再次进货时,和她一起来的,是一个接近四十岁的男人。他的名字叫王勇,个儿不高,也不帅,看上去甚至有些猥琐。我实在不敢相信,如此高傲的她,竟会爱上这样一个人。我猜测这个男子一定很有钱,进而认为她也不过是个嫌贫爱富的势利女孩。

她约我一起吃饭,我答应了。吃饭时,我悄悄了解了一下那个男人的情况。想不到他既没有钱,又没有特长,可以说一无是处,这更令我感到吃惊了。

也许江琳看出了我的惊诧,在王勇出去结账时,江琳说:"你一定不理解我为什么找了个这样的男人吧? 我之所以这样做,是为了降低爱情风险。上大学时,我有一段刻骨铭心的爱情,可是他太优秀了,优秀得我根本无法驾驭。大学毕业后,他很快就有了新欢。那时我简直伤透了心,甚至连自杀的想法都有了。也就是从那时起,我渴望一份爱,又害怕驾驭不了对方,于是一次次与爱擦肩而过。后来,我终于知道一个女子最需要什么,那就是自立自强……他是从电视上认识我的。我做完第一期节目后,很快就收到了他的来信,虽然我对他的来信没有任何反应,但是他仍坚持不懈地给我写信。我想他也许没有任何优点,但有一点是肯定的,那就是他一定非常爱我。如今,和他交往,虽然平淡,却很幸福,这正是我最渴望的。"

听完江琳的诉说,我内心开始滴血。其实,从在电视上第一次见到她,我就深深爱上了她,只是苦于自己既没有成功的事业,又没有帅气的外表,所以连向她表达爱的勇气都没有。我是多么后悔呀! 如果我像王勇那样勇

敢,也许现在在她身边的就是我了。

此后,我又碰到过江琳好几次,有几次我甚至想对她说我也是爱她的,但每次话到嘴边,都咽了下去。也许他们已经结婚或办理登记手续了吧,我不想做第三者。

半年后的一天,我突然收到江琳发来的短信:"我们明天就要结婚了。说实话,和王勇结合,我多少有些无奈,其实我更喜欢你这样的男人。当初我向你介绍王勇的情况,就是希望你能勇敢地说出你对我的爱,可是我只读出了你眼中的遗憾,却没读到勇气……"

我欲哭无泪,我知道一份美好的爱情,真正和我擦肩而过了。

面 子

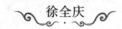

徐全庆

　　王云山自称朋友遍天下。王云山很多所谓的朋友,其实只在一起喝过一两次酒,甚至只见过一两次面,但这并不影响王云山把他们称为朋友。

　　几个朋友在一起小聚,三两句话一过,王云山就说:"这一段时间忙死了,喘气的空儿都没有。"然后,王云山会停顿一下,等着朋友们问他:"都忙什么呀?"王云山就开始说自己怎么怎么忙。有时候,朋友们并不接他的话,王云山也会主动说下去:某某领导非要请他吃饭;某某请一位重要人物办事,非要他作陪;某单位举办一项活动,特邀他为嘉宾;某外地朋友说很久没见面了,邀请他去玩……说完,王云山的脸上还现出无奈的表情,说,某某请喝茶,都已经是第三次了,他也没顾上去,对方还埋怨他架子大。王云山嘴里的某某,一般都是科长、主任、局长,有时甚至是县长,总之都是领导干部,偶有例外,也都是当地名流或企业老板。

　　新结识的朋友立刻仰起头看他,目光中满是崇敬,把他当成神仙般的人物。有朋友对王云山说,他有一件事,能不能请他帮一下忙。王云山就说:"这点儿小事,没问题,我回头和某某说一下。"偶尔,他会立刻给某某打电话,说:"我一哥们儿有件事,请你务必帮忙。"挂了电话,王云山对朋友说:"说好了,你回头去找某某,就说我让你去的。"虽然托他的事多数都办不成,不过王云山并不伤面子,现在的人,明明不想给他办事,也绝不会直说,

都会找合适的借口推托。

李保利的小孩想上某某小学，因为不在那个学区，李保利就找王云山帮忙。王云山说："没问题，我有一个朋友叫张鹏飞，是某局局长，和这个学校校长关系很好，回头我和他说一下，你直接去找他就行了。"李保利和王云山虽然接触不多，认识却有很长一段时间了，非要王云山和他一起去找张局长，为此，李保利还专门请王云山吃了顿饭。

王云山无奈，就带李保利去找张鹏飞。第一次去，张鹏飞不在，王云山对李保利说："过几天再来吧。"

过了两天，李保利又拉着王云山去找张鹏飞，这次找着了。王云山就对张鹏飞说："张局长，保利是我的好哥们儿，他的事就是我的事，你一定要帮忙哟。"

张鹏飞笑笑说："老弟安排的事我敢不尽心？我现在就安排。"说着他翻开电话簿，找到那个校长的电话号码打了过去，可对方关机。张鹏飞说："他可能在开会吧，我明天再帮你联系。"

再去找张鹏飞，那个校长的手机仍然关着。张鹏飞就拿出自己的手机，给那个校长写了一条短信，说有事请他帮忙，请他务必回复。写完，又给王云山、李保利看了一下，才给那校长发出去。然后他说："放心吧，一联系上他，我就给你办。"

离开张鹏飞的办公室，王云山拍拍李保利的肩膀，说："别着急，我安排的事，张鹏飞一定会放在心上的。"

可李保利着急。马上就要开学了，能不急吗？急也没办法，张鹏飞就是联系不上那校长。

眨眼间就开学了，无奈，李保利让孩子上了另一所小学。王云山对李保利说："张鹏飞已经尽力了，他每天都给那校长打好几遍电话，可是那校长就是不开机，他也没办法。"

张鹏飞单位的何庆龙和王云山也是朋友，经常在一起喝酒。有一次，王云山、李保利、何庆龙，还有其他几个人在一起吃饭，聊着聊着就聊到李保利小孩上学的事了。王云山说:"保利沉不住气,再等两天,那校长就开机了。"

何庆龙说:"等也没用,这说明张局长根本没想给你办。今年有几个小孩上学的事他都办好了。"

李保利说:"他不是始终联系不上那校长吗?"

何庆龙说:"怎么可能呢?那校长有两部手机,平时用的那部开学前一直关机,还有一部一直开着。"

何庆龙说这话时,就发现王云山的脸色异常难看。

从那以后,王云山还和张鹏飞称兄道弟,却与何庆龙绝了交。

有人问王云山:"明明是张鹏飞不把你当朋友,你怎么生何庆龙的气呢?"

王云山说:"张鹏飞没让我在朋友面前丢面子,何庆龙让我丢了。"

市井人物·出门是江湖

阻 力

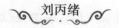

刘丙绪

老柳,名逢春。举家五口,其乐融融。不料,妻中年突发脑血栓,落下了半身不遂后遗症。无奈,只得雇个保姆。

她叫姚秀花,中等身材,白布衫、灰单裤,一看便是个朴素、利索的人。她看到老柳的面容和右手背,心里好不惊喜:啊,这正是自己多年来要找的人啊!

秀花的职责是专门照顾病人。她对病人十分体贴,喂药、喂饭、洗衣晒被、擦拭身体、端尿揩屎、用轮椅推着在院里或公园遛圈儿,从没嫌过脏和累。病人的情况一天天好起来,秀花也一天比一天轻松些。老柳的儿子柳林和儿媳玫瑰下班后,炒菜做饭,手忙脚乱。于是,秀花就主动承担起做饭的任务。她做的饭既干净又好吃。老柳想:秀花三十五岁那年,她男人就病死了,她把儿子杨森托付给公婆,自己走出家门打工,在盖房班当小工,在小饭馆当厨子……她一心供儿子上学,太不容易了。令老柳疑惑不解的是:别人家保姆的待遇在不断增长,可是,几次给秀花加工钱,她说啥也不要。

秀花在柳家的第十一个年头,也就是老柳退休那年,老柳的老伴归天了。后事料理完毕,秀花把家中的旮旮旯旯都打扫得像水洗过一样,便提出要走。老柳眼珠湿润了,孙女哭着嚷:"不让奶奶走,我还要跟奶奶睡。"柳林说:"阿姨,下月我们买的单元楼就交钥匙了,我们就要忙着装修,你晚些走吧。"玫瑰说:"我娘尸骨未寒,我爹心里还不好受,你别慌着走啊。"

秀花没有走。老柳和她一块儿干家务,一块儿出去购物、散步。老柳越来越觉得家中不能没有这个女人,秀花也觉得老柳是个值得爱的男人。

一天晚上,老柳来到秀花住的西屋。

老柳说:"我在你们县工作过。"

秀花说:"我们见过面。后来,怎么就找不到你了?"

老柳很诧异。

秀花说话柔声细语:"那是1966年7月,俺和妹妹在山上采药。俺一不小心,摔了下来。等俺醒来一看,已经躺在医院里了。妹妹告诉俺,俺摔下来以后,她一边喊'救命',一边把俺背到公路上。正好你开着吉普车从这里路过。你把俺送到医院,可医院非要四十块钱才让住院。当时,俺和妹妹身上一分钱也没带。俺妹妹跪着、哭着哀求说:'俺家里穷,你们行行好,我们保证卖了药材,把钱还上。'医院不答应。你掏出三十六块,说这是昨天刚领的工资,又押上一块怀表,医院才接受了俺。"秀花满眼感激的泪水,接着说,"第二天,你补交了四块,还给了俺五块钱。俺问你姓啥叫啥,是哪里人,你就是不说。"

"这事我早忘了。八月,我便调回了俺县,你怎么能找到我?"

"可俺一辈子也忘不了。俺一到你家,就认出你是俺的救命恩人。"

"你怎么认定是我?"

"因为你两眉间有块黑痣,右手背上有一块红色的像蝴蝶一样的胎记。"

沉默了半天,老柳说:"退休在家,身边没个伴儿不行啊!秀花,咱俩结婚吧!孩子搬走后,咱俩清清静静在这里度过晚年。"

又是一阵沉默。

老柳问:"你嫌俺比你大七岁?"

秀花答:"就是大二十七岁俺也不嫌。"

"是杨森不同意你再嫁?"

"俺儿子早同意俺改嫁。他研究生毕业了,已经找到了工作,以后能自

市井人物·出门是江湖

立了,俺就不惦记他了。"

"那你为啥不答应?"

"你们眼看要搬家,你儿子、儿媳已经显示出让俺走的意思。"

院里响起了脚步声,是儿子、媳妇回来了。老柳走进儿子屋。

老柳说出了他要再婚的事。

儿子的脸上骤然乌云密布:"我早就看出这女人很有心计。她不计报酬、埋头苦干,原来是有目的的。"

老柳忙加以解释。

"不行。"儿子的火山爆发了,"第一,咱这房子的房产证写的是你的名字,以后,你要赠给她怎么办? 第二,杨森面临着结婚、要房子的大问题,以后,还不把你手里的钱抠干挖净!"

"肥水要流入外人田了。"儿媳也放大了嗓门,"柳林,如果咱爸后天结婚,明天咱就去离婚!"

第二天天不亮,秀花就走了。她还有一个月的工资没领。

黑大个儿

余显斌

搬到这院子不久,就遇见了黑大个儿。我们进院,他望着妻子,脸上笑笑的,看起来有点色。后来才知道,他是这个院子里的一个租户:一个人,独自租一间房,锅碗瓢盆一放,就是一个家。

一般的,他白天在家睡觉,或者光着膀子,和院里几个闲人下棋,也打牌。一到晚上八点左右,门"咣"地一响,一准儿出去。至于什么时候回来的,谁也不清楚。干什么,也没人知道。

一日,院里的王婶上楼来了,进了门,看我在画画,说:"画的什么啊,鸡不像鸡,鸭子又不像鸭子。"说得妻子"咮咮"地笑。王婶也笑了,和妻子坐下来拉话,说:"好一个水一样的人啊,和自己二三十岁时好有一比。"

妻子就说:"王婶年轻时一定是个大美女。"

王婶说:"哪儿啊,能看得上眼罢了。"然后长叹一声,压低嗓门儿告诉妻子,"以后晚上少出去,注意坏人啊。"

妻子一惊。我听了,毛笔一抖,画上那只鹰更变得非鸟非兽了。妻子问:"王婶,有坏人吗?"

王婶嘴往下一撇,道:"瞧,那不是吗?看女人的眼睛,狼一样。"

我们沿着王婶所指下望,黑大个儿就戳在院子里,木头一般,眼睛直直地盯着一个进院的女人,看着她进院,看着她经过面前,上楼了,他还仄着耳

朵,仿佛在听那"咔咔"的高跟鞋声。

"好像一辈子没见过女人。每晚出去,指不定干什么事呢。"王婶说完摇头,走了,去敲另一家门去了。

我回头,望望妻子,一条超短裙,一双瓷白白的腿,就说:"明天换了。"妻子问:"换什么啊?"我说:"超短裙啊。"妻子笑:"我不买,你一定让买,说好看啊。"

我说:"好看是让我看的,可不是让那家伙看的。"妻子瞥我一眼,说:"小气鬼。"

就在说这话的第二天,院子里出事了。原来,王婶在院子里放了几个花盆,一个花盆里长了一棵黄瓜秧,用竹棍搭着,长长的,上面长着几根黄瓜。那天早晨,王婶准备去摘,发现少了一根。一转身,发现黑大个儿拿着一根黄瓜在吃。

"怎么少了一根黄瓜啊?谁偷的?"王婶大声喊。

"一个大老爷儿们偷黄瓜,害臊不害臊啊?"王婶对着虚空喊。

"王婶,你说谁啊?"黑大个儿大概感觉出来了,问道。

"谁答应就是谁。"王婶斩钉截铁。

"你!这是我昨天买的。"黑大个儿红了脸,理论着。

"该不是在我盆里买的吧?"王婶嘴角挂着一丝笑,让黑大个儿的脸更红了,吭哧吭哧半天。正在这时候,王婶的小孙孙出来了,手里捏条黄瓜,喊:"奶奶,你种的黄瓜真好吃。"一句话,让王婶僵在那儿,说不出话来。

黑大个儿笑笑,并没有乘胜追击,而是一言不发走了。以后,王婶见了黑大个儿,态度好些了。不过,转过身,仍叮嘱我妻子:"注意,这人来路不正,早晚得出事儿。"

果然,被王婶料中了。

一天,王婶和妻子从外面回来,看见几个警察,后面还跟着一个女人。女人眼泡稍微有些红肿,衣服有些凌乱。看到王婶和妻子,警察就问:"请问,王小和在这儿住吗?"王小和就是黑大个儿的名字。

王婶就手一指,望望女人,望望警察道:"怎么?是不是那家伙——"警察点点头,带着女人敲黑大个儿的门去了。

王婶望望妻子道:"怎么样?我说吧,出事了。"妻子脸色寡白,三两步回家,脱了超短裙,换上牛仔裤,而且牢牢地系了一条牛皮裤带。我很惊讶,问怎么那样把自己严严实实地包裹起来。

妻子神秘兮兮地说:"那人可能是强奸犯。"

我问:"谁?"妻子说:"黑大个儿。"

我一惊,毛笔一抖,那张刚画得勉强像鹰的画这下子彻底报废了,像个大黑猪。

早饭后,我和妻子出去,经过院子时,黑大个儿仍然戳在那儿。我悄悄观察了一下,身上有伤,脸上也有。看样子,妻子说得不假。

黑大个儿仍然若无其事,眼睛望着妻子跌宕起伏的身子。妻子再也笑不出来了,紧紧地依偎在我身边,抓着我的胳膊,好像一不注意,就会被别人抢去了似的。出了院子,遇见王婶,妻子翘着嘴问:"怎么还不抓起来啊,怪吓人的。"

王婶想想,很内行地说:"一定是缺乏证据。"然后又想想,下定了决心,"走,我们去派出所举报,就说他每天晚上出去,有作案时间和机会。"而且,为了增加证据的真实性,还拉扯上我一块儿去。

派出所的警察红着眼睛,没有睡足的样子,说昨晚发生了强奸案,不过是强奸未遂,弄得人一宿没睡好。

"那也是强奸啊,抓啊。"王婶说。

"抓了,是一个民工抓住的。"警察说,"就是你们院里的王小和。"

我们都傻了,接着松了一口气。

原来,黑大个儿在一个足浴中心当保安,上夜班。昨晚回来时,发现一个男子拿着把刀子,把一个女子向小巷里拖。黑大个儿头发直竖,冲上去,拳脚交加,然后一提溜,把那家伙提到了派出所。今天早晨,警察带着那女子,是专门登门拜谢的。

我们都红了脸,出了派出所。过两天,院子要选一个保安,王婶、我还有妻子首先提出了人选,就是黑大个儿。

大　雄

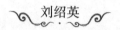

刘绍英

　　遂母亲的心愿,把房子买到了她的出生地,所谓的叶落归根吧。

　　搬家那天,母亲响亮地与一个女人打招呼,皱纹密集的脸上,难以抑制的是兴奋和骄傲。那女人就站在我们房子的屋檐下,抱着一只很慵懒的猫,看着我们搬东西,时不时咧开嘴,露出她一口不整齐的牙。母亲进了房,小声地对我说:"那女人是我儿时的好朋友,以后也是我们的邻居,你可要对她好些。"

　　我鸡啄米似的点头。

　　邻居姓杨,有个很男人的名字:大雄。她一生未育,后被男人抛弃,平日与一群小猫生活。她母亲在后院搭了一间房,勉强住着。母女俩爱吵架,大雄总用尖利的嗓门一遍一遍地骂:"老不死的,死了多好的,偏你不死……"最后她母亲气不过,就会坐在她家的院子的地上,仰望着天,拍着大腿连声喊:"天哪天哪,雷公菩萨你来看呀……"

　　从我家的三楼可看到她母女俩吵架的全过程。

　　其实这场战争没有胜负,大雄骂过瘾后,会抱了猫咪,在老太太的泪眼里扬长而去。老太太则看大雄走出去后,也把屁股上的灰拍上一拍,停止叫骂。有一回,我还看见老太太望着女儿出去的方向,做了一个鬼脸。最爱看热闹的是我的女儿月月,逢上她们吵架,就缠我母亲抱她到窗子前看。母亲会很严厉地说:"不准看,吵架不好。"

女儿嘟哝着:"你们都看,就不让我看?"

礼拜六和礼拜天,女儿总爱跑到大雄家,看她家的小猫。大雄似乎特别喜欢我女儿。有一次,大雄跟女儿说:"月月,你叫我一声妈妈吧,我的小猫咪任你挑。"女儿说:"可是我妈妈让我叫你奶奶。"大雄说:"我喜欢你叫我妈妈。"女儿看我一眼。我笑着说:"你叫她妈妈吧,你今晚就留在她家,跟她的小猫睡。"

女儿大概意识到问题的严重性,把伸向小猫的手又收回了。

晚上,我跟母亲说起这件事,母亲说:"大雄没有生育过,是喜欢月月。"

我心里一惊,也许,我和女儿已经伤害了大雄。

第二天出门,大雄看见我,陡然黑了脸。

大雄没理我。

我笑着摇摇头走开,她的声音却随风传了过来:"有什么了不起,不就会生孩子吗?幸好没生带把的。"

我转过头,大雄却抚弄着小猫走远,黑毛线裙子裹着的屁股扭得夸张。

有一次,我们全家正吃晚饭,大雄隔着门喊女儿月月。

女儿放下饭碗去开门。

不一会儿,女儿手里抱了一只猫进来,一脸的兴奋。

我板着脸对女儿说:"你快去洗手,不准玩猫,脏。"

晚上,我问被窝里的女儿:"你喊人家做妈妈了?"

女儿说:"喊妈妈比喊奶奶还划得来些。"

小小年纪,就会算这样的账,我有些好笑。毫无疑问,女儿想要大雄的猫,也顺了大雄的意思。

大雄看见我们一家子,从此也眉开眼笑,常常穿了带泥的鞋,蹭蹭地带上她的猫上我们家来跟女儿逗乐。

女儿逐渐大些的时候,该上学了。

丈夫说:"这样的环境,这样的邻居,不适合孩子的成长。我们搬家吧。"

隔壁又传来了母女俩尖利的叫骂声。

为了孩子,母亲只在她的出生地住了三年,贱价卖了房。告别三年的邻居大雄一家,我们搬到了所谓的高尚住宅区,与新邻居老死不相往来。

再过两年,看见她母亲在马路边捡垃圾,我上前与老太太打招呼,她看见我,眼泪哗地流了满脸。

她说:"我女儿大雄死了,得的乳腺癌。这个没良心的,到底还是把我丢下了。"

我愕然地看着老太太浑浊的泪眼,心想,白发人送黑发人,大雄,你真是太不够意思了。

老鸟的尴尬

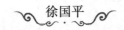

徐国平

老鸟不止一次对我说："自个儿摊上的这些鸟事,换上谁也受不了。"

我了解他,知道他有一肚子说不出的苦衷。

文人都爱几分薄面。

我跟老鸟是师生之谊。他仅长我三岁,高中时,教过我两年语文。

当时,受北岛、顾城一帮朦胧派诗人诱惑,他也写起诗歌,还取了老鸟这个笔名。点灯熬蜡,真就写出名堂,一首《老鸟》荣获全国诗歌大赛一等奖。随后,市外贸局一位漂亮的女孩,羡慕他的才气,投怀送抱。老鸟真是春风得意,那对小芝麻眼天天都开出花来。

随后几年,改革大潮汹涌,老鸟的一帮同学或同事个个下海兴风作浪,而老鸟那点稿费就变得捉襟见肘,还不够娇妻涂脂抹粉。幸福的生活逐渐出现危机,他白天一身粉笔末子,晚上一脸唾沫星子,再没心情写诗,还患上了癔症,一见娇妻花枝招展出门,不是跟踪就是追击。结果,娇妻还是不顾一切与他斩断情丝,跟一个大她二十几岁的老板移民去了澳洲。

老鸟蔫了,将自己锁在家中,几十本诗稿付之一炬,浓烟滚滚的,惹得邻居都报了火警。接下来,他又爬到教学大楼顶层天台,木雕一样呆坐在边沿儿上,两条腿耷拉下来,就像只被风雨折断翅膀的老鸟。

学校一阵骚乱。老鸟最终自个儿走了下来,毕竟娇妻留给他俩孩子。

自此,他整个人变成了哑鸟,走路也抬不起头,就好像做了丢人现眼的事。我时常劝导他,想开点,抬起头,向前看。

谁也没想到,老鸟竟然辞职了,八头大象都拽不回头。

连着几年,老鸟就跟在地球上消失了一样。直到一天,现身鸟市,开了一家不大不小的门市,一帮师生才知他也下海了。

由于老鸟敬业,不欺生,价格公道,逐步在鸟市里稳住了脚。用他自己的话说,彻底从一个文人转变为一个鸟人。

十几年里,老鸟也没再凑合找个女人,或许是伤害太深,终究摆脱不了前妻留下的阴影。

不过,老鸟也算熬出头了。儿子闯深圳,据说还混得不错。女儿也考上研究生,到加拿大留学去了。老鸟心情一好,话语变多,又来了兴趣,开始跟一帮文友聚会了。

去年秋天,老鸟眯着小眼兴奋地对我说:"儿子来电话,说要结婚了。"

可一拨人准备拿着红包前来庆贺时,老鸟却大病一场。我去探望,老鸟脸色铁青,嘴唇直哆嗦跟我说:"丢人现眼啊!"随后向我透出实情,原来老鸟的儿子让富婆包了小白脸,那富婆都五十好几了。老鸟又气又骂,儿子却王八吃秤砣铁了心,哭着解释,女老板家产千万,真心待他,他现在已是公司的总经理了。老鸟知道木已成舟,心凉了半截,对儿子扔下一句话:"我死了也不会让你回家。"

自然,儿子结婚也没敢回来。

好在,老鸟的那些鸟个个出落得精灵,陪伴他,逗他开心。

我时常去鸟市。老鸟有一肚子鸟经,逐一指点着笼里的鸟卖弄。

他说,冷眼看上去,笼里的鸟都差不多,其实差多了,这里面学问大着哩。小公配小母抱出来的鸟最壮,可一般赶不上那么巧。老公配小母抱出来的死得早,有的两年就完了。可这些鸟,大部分都是老公配小母、小公配老母抱出来的。见谁家的鸟能养过三年五载的,都是图个心境啊。

我真没料到老鸟对鸟的生命看得这样清楚,对鸟群里的事知道得如此之多。尤其是所谓的"老公配小母"、"小公配老母",我为这两句一般人羞于启齿的、最敏感的关于现实社会中性和伦理的语言替他脸红。

可又一想,老鸟深有感触,只是麻木而已。

今年春节,特意去老鸟家拜年,铁将军把门。一问邻居才知他犯了心脏病,被送进了市医院。

老鸟,也是,身边连个亲人也没有。

找到老鸟的病房,就他一人,正眯着那对芝麻眼打点滴。我关切地跟他寒暄了几句。

老鸟一声没吭,满脸阴云密布。

突然,老鸟弓起身子,情绪有些冲动起来,粗粗喘了几口气,说:"丫头打电话拜年本是好事,说有男朋友也是好事。我一问男朋友是个外籍教授,心里虽不乐意,可那是丫头自个儿选的,由她。再问年龄,没听清,再听就炸了,你也猜不出来,六十三啊!比我还大六岁,活活要气死我啊!"

我忙扶住他,劝说这病怕气,老鸟方才瘫倒在病床上。许久,摇摇头叹了口长气,说:"唉,丢人啊,儿子娶了个娘,女儿又嫁了个爹!"

我也不知该如何劝慰老鸟。只说了句:"由着他们去吧!"

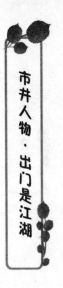

舅爷的骆驼

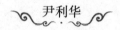

尹利华

　　舅爷是个生意精,在我很小的时候,他就天南地北地跑,走街串巷地叫卖各种小饰品、小家电什么的。等我上了初中,舅爷年龄大了,也许觉得累了想歇息一下,就托朋友,从遥远的沙漠买了一只骆驼,在附近一个旅游景点,靠给人照相赚点钱。

　　我见过那只骆驼,并且和它合过影。我看到它的第一眼,就觉得它已经很老了,按照人类对年龄的划分,可以用"古稀之年"来形容了。

　　舅爷的生意很好,旅游的人来来往往,都对舅爷的骆驼表现出很大的兴趣,纷纷要和它合影。骆驼弯曲了前腿,跪在地上,平静地望着来往的游客,顺从地任由一个又一个爬上来又爬下去。我看到,它的那些有些凹的驼峰上,毛发稀疏,露出发亮的枯皮来,想来那些毛发是被众多往来的游客用手给磨没了。

　　舅爷为了招揽生意,还特意制作了一个简陋的广告牌,他用黑漆刷了一个桐木板,木板上用粉笔字写着广告语:和骆驼合影十块,乘骑骆驼二十块。

　　我是骑过那只骆驼的。坐在两个驼峰之间,我牢牢抓住前面驼峰,觉得它身上充满了弹性。舅爷十分喜欢我,他给我拍过很多和骆驼的合影,各种各样姿势的都有:有的手足舞蹈,有的故作娇气,有的对镜自怜,还有的仅仅就是做各种鬼脸……其中有几张,还被他作为广告照片拿来展示。

舅爷的骆驼很温顺,虽然脖子里套着绳子,可我从来没有见舅爷在树上拴过它。舅爷也从来不曾打骂它,只是在没有生意的时候,舅爷挎着相机,闲坐在骆驼旁边,摸着那只骆驼的脖子,抚摩着它的皮毛,一遍又一遍。

那个时候,骆驼显得特别温驯,眼睛清澈得可映人影。它的目光仿若穿过了热闹的人群,穿过了青翠的群山,穿越了繁华的城市,穿越了辽阔的平原,直接随着风飘到那荒芜辽阔的沙漠,飘到那昔日行走在沙漠中的岁月。

有次,我路过那个旅游景点,顺路去看望舅爷和他的骆驼。

不料,我发现舅爷躺在一棵大树下呼呼大睡,而那只原本应该陪伴着他的骆驼不见了踪影。我急忙将舅爷推醒。舅爷醒来,发现不见了骆驼,并不着急,不慌不忙地说:"它跑不远,我知道在哪里。"

然后,舅爷不慌不忙地起身,轻车熟路地去找骆驼。

我觉得很纳闷,跟在舅爷身后,来到一处施工的工地。

我觉得有些莫名其妙。舅爷的骆驼怎么会跑到这里来呢?

那些在工地上忙碌的人,显然已经和舅爷熟识,他们纷纷和舅爷打招呼:"又来找你的骆驼了?"舅爷笑着点头,说:"是啊,是啊,估计我这老伙计的确是想家了。"

果然,舅爷的骆驼真的在这个工地上找到了。

我看到它的时候,它正卧在工地上的一堆沙堆上,双腿跪着,目对着沙堆,好像陷入了一场无尽的相思中。

舅爷走上前去,牵了它脖子里的绳,拍了拍它的脖子,说:"起来了,伙计。"

那只骆驼便慢慢起身,站起,跟在舅爷身后,悠悠回转。

我突然有些同情骆驼。我想,它本不属于这里,而今却不得不出现在了这里,它肯定是寂寞的、孤独的、无助的,它对家乡沙漠的全部思念,都表现在它对那堆沙子的眷恋上。

马老板

赵明宇

　　马家馆是元城餐饮业龙头,是元城最豪华的酒店,已经开设了十几家分店。听说马家馆的老板是我高中时的同学马德,我非常自豪,在我的同学中,竟然会有如此的高人。有一次在公交车上,我指着马家馆,跟我的同事说:"马家馆的老板是我高中同学。"

　　我的声音很大,大家纷纷把目光投向我。

　　同事问我:"你在马家馆吃过饭吗?"我的脸腾地红了。马家馆是上层人物去的地方,我一个月的工资还不够消费一次呢。可是在众目睽睽之下,我破天荒地说谎了。我说:"我当然去过了,老同学做老板,我哪能不去捧场呢。"同事一听,很羡慕地拍拍我的肩膀。

　　马德确实是我的高中同学。记得我们认识的时候,他脚脖上绑着白色布条,后来才知道他父亲死了,他在为父亲穿孝。那时候,我们每周回家带一次干粮,在学校的食堂热一下,喝水,啃干馒头。他家穷,我家也穷,可是他不把心思放在学习上。有一次晚自习,我去寝室换衣服,发现他在偷吃李大民的干粮。在我们班里,大家带的都是玉米面馒头,只有李大民带的是白面馒头。

　　我说:"你怎么能偷吃李大民的干粮!"马德吓一跳,回过头看看只有我自己,就把一个白面馒头塞到我手上。我说:"我才不吃呢,要吃你吃。"马德嘻嘻笑，说："不吃白不吃，吃了也白吃，吃吧，我不说，没人知道的。"马德掰下一块馒头向我嘴里塞，我没有拒绝，我也闻到了白面馒头的香气。

我和马德定了偷吃同盟。李大民哭着向老师汇报他的馒头被偷了，老师铁青着脸在讲台上训斥大家的时候，我偷眼看看马德，他低着头，若无其事。

后来，马德不上学了，跟着他的舅舅到元城建筑队打工。马德走的时候，我们出来送他。他走得很慢，说父亲死后，欠下好多的债务，他要养家糊口。说着话，他还哭了，哭得我们也很难过。

我大学毕业以后，分配到县文化局上班。业余时间喜欢写诗歌，写多了就想出一本书。可是自费出书又囊中羞涩，同事帮我出主意，说："你的老同学不是马家馆的马老板？去找他给你赞助一下。"

这倒是个好主意。可是一晃快三十年不见面了，马德还能记得我？我通过别人查到了马德的手机号，打电话的时候，我的手都颤抖了。我说："你好，请问你是马老板吗？"

电话那头一个沙沙的声音说："你是谁啊？"

我说："我是赵明宇啊，你的老同学。"

马德稍微停顿一下，哈哈大笑："哦，哦，赵明宇，大诗人啊，前几天还在报纸上读你的诗呢。听说你在文化局上班？"我有些激动了，说："是是，您还记得我？"马德说："老同学，咋会忘了你呢！三十年不见面了，今晚聚聚，今晚聚聚。我现在在咱们的母校，给母校捐款呢，他们要我做名誉校长呢。"

我说："祝贺你啊，你是咱们母校的骄傲！"马德说："哥们儿，你找我一定是有事儿，今晚在马家馆贵乡路分店 888 房间见。"

挂了电话，我高兴得几乎要跳起来了。

晚上，我准时赴约，走进金碧辉煌的马家馆贵乡路分店。刚坐定，马德就一阵风进来了，抱住我，一只手在我的后背上使劲儿拍。拍完了，打量着我说："赵明宇，你有啥事儿，先说，后喝酒。"我讪讪地说："我想出本书，需要几千块钱，找你化缘呢。"

马德听了，擂我一拳说："支持文化事业，理所当然。一万元够不够？"我千恩万谢地说："感谢马老板。"他说："什么马老板？你是文化人，我是粗人，向你多学习！"

说着话，马德掏出手机拨号码，邀请一些人来喝酒。马德说："都是咱们老同学，大家聚聚。"一会儿，大家陆续来了，有刘思泉，有李大民，还有一个女同学，是我们班上的班花裴丽丽，全是当年的老同学。有的偶尔见个面，有的根本就很少见面，想不到大家在这里团聚了。回首往事，我感慨万千。

马德举起酒杯说："赵明宇是文化人，是咱们老同学中的名人，让我们为他的新书干杯！"

大家说说笑笑，相互问起在哪里工作，家里咋样，一个个推杯换盏，面红耳热。马德端起酒杯敬了一圈说："想当年，赵明宇还给裴丽丽写过情书呢，裴丽丽你如实交代，有没有这事儿？"

裴丽丽脸红了，低着头咪咪笑。我喝多了，说："马老板你不要加罪于我。"马德说："什么加罪于你？这事儿都是刘思泉告诉我的。刘思泉，有没有这事儿？"

这时候马德的手机响了，他一看号码就挂掉说："又是县长吴大头的电话，不接，县长打电话没好事儿，接了就搅了咱们的雅兴。"

县长的电话也敢不接啊！就在我心里暗暗惊叹的时候，刘思泉悄悄趴在我耳边说："你承认了倒是好事儿，裴丽丽是马老板的大姨子，你们还是连襟呢。"我杵了他一拳："去去去，别瞎说。"

散场的时候，大家相互留了电话。马德开车把我送到家，吐着酒气说："你出书的事儿，包在我身上，过几天到店里来找我。"

过几天，打马德的电话，关机。去店里找他，马家馆竟然意外地关门了。我问裴丽丽、刘思泉和李大民，都说联系不上，马德仿佛一下子蒸发了。

关于马老板的各种传言开始在元城流行。有的说马老板挣足了钱，带着小蜜躲进深山老林隐居起来了，另一个版本是马老板在安阳洗澡被人暗杀了。

我的诗集没有出版。我很怀念马老板。

懒　人

中　村

　　妻子出差去了。我下班回家，看着空荡荡的屋子，不知所措。我不会做饭，习惯了吃妻子做好的现成饭。尽管妻子走时反复详细地向我讲解了怎样熬汤怎样炒菜的细则，可现在我还是感到无从下手。

　　我坐在沙发上发呆，思忖着要不要出去吃饭。街上饭菜多是咸的，而晚上我习惯了喝甜（不放盐，并非放糖）汤。大米汤、小米汤、面丝汤、绿豆汤……我最爱喝的还是小时候在家乡几乎天天喝的玉米糁汤，烧开锅后，将略加了碱的碎玉米糁倒进锅里搅动着滚开，改由文火熬，若放点花生更好，熬一个小时左右，将玉米油熬出来成稠糊状就好了。喝起来好个香啊！真是无可比拟了。若在糁汤锅里放点红薯块更好。在二十世纪五六十年代的人都有吃红薯吃得反胃的历史，那是因为没粮吃，只有吃红薯，吃得直烧心泛酸。因为红薯是高产作物，且不用上粮（那时叫爱国粮，其实就是农业税），所以生产队每年收的小麦都"上粮"让城里人吃了，而辛辛苦苦生产小麦的农民们只能吃红薯。在我们儿时的印象中，红薯既不好吃，又没营养。那是穷人没办法不得不果腹的副食品。而现在营养专家说，红薯是高 C 王，不仅营养丰富，而且防癌，还美容。好得不得了。反了。

　　手机响了，是妻子打来的："吃饭了吗?"

　　"还没做呢。"

"你真懒！你是个懒人。快点做吧！别我不在家,你真的饿死了……"

"饿死了好啊。可以给这个不堪重负的世界减轻点负担了。"

"别耍嘴皮子了。快做饭吧！你饿死了,别人不心疼,我还心疼呢。"妻子的关心让我感动。

"好吧。"我其实已决定去街上吃了。我在说谎。不是哪个大人物说过吗,善意的谎言连上帝都会原谅。

我刚站起身,手机又响了。

"喂,马上。"我说。

"什么马上,还驴上呢！"不是妻子。但是个女的。

"哦,我以为……你是?"我试试探探地。

"哈！连我你都听不出来了? 我是小桂。"

"噢,是小桂呀,你有什么事?"

"你能来我家一趟吗?"

"有事吗?"

"有点事儿。我想给你说说。"

"那……我还没吃饭呢,吃过饭去吧。"

"来我这里吃吧。我也没吃呢。"

"我还是吃了再过去吧。"我故意客气。

"来吧。反正我也得做饭。"

"好吧。"我想,正好省了我做饭,若她能熬点糁汤喝再好不过了。

小桂是朋友的妻子。朋友妻有事相求,不能不去吧? 其实我已猜出了什么事。其实在这之前我已去过她家两次。都是小桂在打了至少三次电话再去的。事不过三,我想,这是最后一次。

朋友妻住在一处城中村里,买的二手房。转弯抹角,道路曲折。不过我的电动车车技很好,哪里都能找得到。我敲了门,里面先传出狗叫声。尔后小桂来开了门,让我进去。那只像小羊羔一样的雪白小狗,顶门上点着一个圆圆的玫瑰红点,越发显得可爱。可我不喜欢宠物,尤其是小狗,光往人身上蹿。这只小狗看到来了熟人,很是兴奋,站着往我身上扑,想让我抱它。可我没抱。我不怕它的牙齿,却怕它的利爪。

屋里很乱,光线昏暗。小桂让我坐在沙发上。茶几上并没我想象中的饭菜,她也没有想要做饭的样子。坐定以后,我就问:"什么事?"我其实有点儿明知故问。

"还是那事儿,他不回来,也不让我去。"小桂一开口就泪水涟涟,"我知道他在那边有了情人。"

"不一定吧。他很忙的……"我替朋友打掩护。我感到我这样说是助纣为虐,但觉得实话实说又对不起朋友。何况我又没见过朋友的情人。

"什么呀,春节回家我还见了,我们在街上吵了一架。"那个小狗见我不理它,就蜷缩在小桂怀里。小桂像对待孩子一样抚摩着它。

"她也是你们那地方人?"

"是的。"

"长得怎么样?"我纯属好奇。

"不怎么样。胖墩墩的。丑得不行。"小桂这样说也在意料之中。女人永远不可能赞美情敌漂亮。

"那他为什么还要和她好?"我这纯属没话找话。

"那谁知道? 鬼迷心窍呗!"

"那你打算怎么办?"

"我想和他离婚。五年了,我都过着这种守活寡的日子。实在受够了……"

"那就离吧。这种情况确实也没必要再维持下去了。"小桂的处境确实令人同情。我决定不再帮朋友说话。

"我要他给我一百万。他不给。"

"一百万太多了点吧? 五十万还差不多。"我感觉朋友拿不出这么多钱。

"他在那边能买起房子,就拿不出一百万? 我下岗了,一个月只有几百块钱的低保。儿子还没结婚。要一百万多吗?"

"要说也不多，"我看到小桂眼泪又要掉下来，忙改口说，"可他不愿拿，老这么僵着怎么办？"

"所以，我才想问你嘛。你说我该怎么办？"小桂把皮球踢给我。

"你是当事人，你都不知道怎么办，我能知道怎么办？"虽然我同情小桂的遭遇，可她提的问题实在好笑。

"你们是好朋友，你能不能劝劝他离开那个女的？若他能回心转意，我可既往不咎。我毕竟对他还是很在乎的……"

"我那次在电话里劝他，他反问我听谁说他有情人。我无言以对。我不能说是听你说的吧？至今我们之间从未说破过，怎么劝……"

"你就说是听别人说的嘛……"小桂的眼泪似乎又要掉下来。我确实感到小桂可怜。哀其不幸，又怒其不争。

"好吧。我试试。"其实我不想试，也没法试，"不过你别抱希望。你想想，五年了，他能回心转意早回心转意了……其实，你们这种情况，能早点儿离了也好。"

"他不是不想给一百万嘛……"车轱辘话，又转回来了。

"好吧，我劝劝……"我敷衍着，站起来，我得告辞了。墙上的电子钟已到九点。

"再坐会儿嘛。"小桂也慌忙站起来说，"我去做饭，只顾说话了。"

"不了，九点多了，我得回了。我还有事。"我知道我没事。我在站起来之前就打定好了主意，无论她怎么挽留一定要走，必须得走。

我毫不迟疑地走到门口。那只小狗从她怀里跳下来扑我，我有点儿招架不住。我不知道它是要咬我还是要亲我，不禁加快了脚步。

我落荒而逃。

不知怎的，我感到肚子一点也不饿了。我在半道买了一份秦镇米皮带回去。再不饿也得吃点儿。

回到家里，我看到沙发的手机上有至少五个未接来电。全是妻子打来的。我回过去："喂？"

"你去哪儿了？怎么不接电话?"妻子有点儿怒气冲冲了。

"我出去了,没带电话。"

"哦,"妻子火气似乎小了些,"去吃饭了?"

"没有。有点事儿。"

"什么事儿?"

"你回来再说吧。"

"什么事不能说说吗?"

"真的一时半会儿说不清的。长途电话费你掏啊?"

"难道……是和女的约会了?"

"不是……也算是吧。"

"哼！看我回去怎么收拾你……吃饭了吗?"

"没。半路上买了份米皮。"

"那怎么行?"妻子的声音突然又提高了八度,"光吃米皮怎么行？好好做点饭吃！你呀,离了我真要饿死了。你真是个懒人,懒到家了……喂,喂！你怎么不说话?!"

小 莉

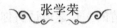

张学荣·

　　当年,小莉和小薇是一起来饭店打工的服务员,两人合住在老板租来的房子里,处得像亲姐妹。

　　小莉长得十分漂亮,脸蛋俊秀,皮肤白嫩,身材、气质俱佳。那一头秀发,或瀑布一般倾泻下来,或在脑后高高地绾个发髻,宛若天仙。这哪像来自乡下的女孩,在整个县城甚至大城市,都难以找到如此美貌的女子。

　　小薇因为漂亮、能干,渐渐得到老板的赏识,后来,就取代了老板娘的位置,成为新的老板娘。之后,小薇对店里漂亮的服务员总是心怀戒备。一般情况下,长相漂亮的服务员过不了一年,就会被小薇辞退。而小莉是个特例。

　　能被留用这么长时间,小莉当然对小薇心存感激。她想,就冲着曾经是合住在一起的好朋友,小薇怎么好意思无缘无故辞了她?

　　不过,小薇的眼睛对她盯得很紧,一刻也没放松过。也就是说,小莉整天在被人暗中监视下工作。谁让她长得比小薇更漂亮呢? 当然,小莉自己对这双背后的眼睛浑然不觉。

　　时间长了,同事小红提醒小莉:"你这么漂亮,怎么不到大城市大酒店去干? 在这种小酒店干,条件差、工资低,还处处受到老板娘监视。"

　　小莉不以为然地说:"你可别瞎说,小薇对我好着呢。"别的服务员早已改口称小薇老板娘了,小莉自以为自己和小薇关系铁,仍然"小薇、小薇"地叫。

小红说:"把你卖了你都不知道,她对你盯得最紧了。不信,你问问其他几个姐妹。"

小莉看看其他几个服务员,她们都露出意味深长的笑容。

小莉被说得一愣一愣的,怎么也不相信。此后,心里难过了很长一段日子。

打那儿起,小莉变了,变得沉默寡言,心情抑郁,整日闷闷不乐,活脱一个多愁善感的林黛玉。见了老板再也不主动打招呼,头一低就躲开了。对小薇也不再直呼其名,而是一口一个"老板娘",语气恭敬有加。由于心情不好,干事总提不起精神,对顾客服务态度也差了,总是弄得杯盘碗筷叮当作响,甚至顶撞顾客,有几次还失手打碎了盘子。

一天下班,小薇把她叫住,口气生硬地问她:"最近怎么了,有什么心事?"

小莉明白小薇对她最近的表现不满意,想辞退她,只不过嘴上不好表露出来罢了,便回答说:"没什么,只是家里忙,我妈又病得很重,家里想让我回去。"

小薇口气缓和了一些:"原来是伯母病了,怎不早说? 那还不赶紧回去看看。"说着,拿出一沓钱来,拍到小莉手上:"来,代我给伯母买点营养品。明天就回去,病可是耽误不得的。"

小莉再三推让不过,这才连声感谢地收下来。

当然,小莉的母亲并未生病。这是小莉找的一个借口。小薇给她的那沓钱,也刚好是小莉这个月的工资数。

小莉回乡下仅待了两天,便到省城去了,在一家规模颇大、档次很高的大酒店当服务员。不久,便升任领班。

省城大酒店接待的客人和县城的小饭店比,不可同日而语,简直是天壤之别。到这个大酒店来消费的,都是官员、大款。小莉在这里与客人打交道

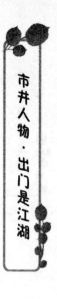

市井人物·出门是江湖

久了，认识了不少名人、大亨，有些是过去在电视上才能见到的人。有的客人酒足饭饱之后，不知是真心的还是借着酒意，都说想和小莉交个朋友。

小莉心里清楚得很，这些男人只不过是贪图她的美貌，男人们勾引女人的话都大同小异。小莉对这些男人也来个大同小异，一律礼貌地说："先生，您喝多了，早点回去吧，您的家人一定在等着您。对不起，我忙去了。"

言毕，转身走了，留给对方一个美丽的背影。

不过，有个男人给她的印象和其他人不一样。这个男人三天两头来一次，有时带来一大桌子人，有时仨俩人，有时干脆独来独往，一杯一筷，自斟自饮。而且，来了就要同一个包厢，点的菜也大致相同。特别是一道烧鸡糕，每次都少不了，用他自己的话说，是百吃不厌。

这烧鸡糕是小莉的家乡传统菜，所以，小莉就注意上了这个人。知道他姓白，是搞房地产的，手里有不少钱，但是，比较内敛，不张不狂，不像有的大款那样烧包，动辄甩出一沓大票子，到处给服务员发小费。

有一次，白老板一个人来，不知不觉间，喝多了，趴在桌上睡着了。到下班时，服务员才向小莉汇报。小莉亲自拦了辆出租车，还自掏腰包预付了车费，叫两个服务生送白老板回去。第二天，白老板登门感谢小莉。就这样，两人开始接触上了。

原来，白老板的老婆和小莉同乡，他和老婆第一次认识，就是在这个饭店的这个包厢。他老婆的拿手菜就是烧鸡糕，味道鲜美滑嫩，白老板特别爱吃。一年前，老婆遭遇车祸去世了。一年来，白老板一直沉浸在悲痛之中，时时怀念老婆，就经常到这里来吃饭。

小莉很同情白老板。两人一来二去，恋上了。

结婚两年后，房地产生意火起来，连县城的房价都在飞升。白老板到小莉的家乡县城投资了一个小区建设。生意交给早已不在酒店打工的小莉负责。

某一天，当小莉被众星捧月般地簇拥着进入小薇的饭店吃饭时，小薇受宠若惊，把她当作财神奶奶一样，亲自到包厢里服务，好妹妹长好妹妹短的，说了一大堆肉麻的奉承话。

　　小莉环顾四周,看起来,这几年,饭店被小薇打理得不错,只不过,充其量,也就是一百万的家当。小莉笑笑:"老板娘,看样子生意兴隆嘛。"

　　小薇说:"我这小本生意,还赶不上您一根毫毛。我哪称得上什么老板娘,您才是老板娘。还请您看在当初姐妹一场的份上,今后多多来饭店捧场。"

　　小莉一边"好、好"地应付着,一边和桌上的客人说笑。

　　然而,打那以后,小莉再也没来过这小饭店吃饭。

市井人物·出门是江湖

哭泣的汉俑

王明新

　　老六表面上是个文物贩子，当然，贩的是假文物。他经常到一条古玩街上出地摊，兜售一些收购来的现代制造又千方百计做旧的坛坛罐罐和青铜器。他的真实身份谁也不知道。

　　老六经常深更半夜出入墓地，是个盗墓贼。盗墓贼一般结伙作案，至少两个人，这样可以壮胆，地上地下也好有个照应。老六则独来独往。一来是他胆大。二十多年前的一个深夜，老六掘开一座古坟，钻入墓穴，他嘴里咬着手电筒，好不容易撬开厚厚的棺盖，躺在棺木里的人一下子坐了起来，好像还叹了一口气，像是熟睡中的人突然被惊醒。老六急忙扶他重新躺下，连说，对不起，对不起，打扰了。然后他把棺盖盖好，从墓室里爬了出来。二来是老六明白，做这种事，多一个人知道，就多一分危险。与老六同村的两兄弟结伙盗墓，有一次兄弟俩挖开一座古墓，弟弟在上面望风，哥哥进入墓穴寻宝，谁知他们的行踪早被公安盯上了，悄悄地合围上来，结果弟弟闻风逃之夭夭，哥哥被堵在墓室中。哥哥嫌弟弟自私，关键时候只顾自己，公安一审时就把弟弟供了出来，第二天弟弟也被抓了。

　　以往老六从墓中盗取的多是些古人用的器具，比如盛酒用的爵、尊，盛水用的壶、罐，祭祀用的香炉、神像、古钱币，还有金银器。这回老六得了一只陶俑。陶俑一尺多高，男性，塑的是一普通百姓，衣饰古朴逼真，神态率真自然,一脸憨相,却憨得十分可爱。老六干这个行当多年,对出土文物也略知一二。他把陶俑拿回家,又对着一本厚厚的《古陶俑鉴赏》,从烧制材料到造型风格,仔细研究了半天,认定这是汉代陶俑。老六欣喜若狂,将陶俑用一块破布包好,先是藏于床下,但老六忍不住一会儿就要从床底下取出来欣赏一番;后来老六嫌麻烦,就把陶俑与矮橱上的那些假冒文物放到了一起,这样老六随时都可以把陶俑拿在手里观赏了。

夜里,老六刚刚睡着,忽然听到一个男人哭,男人一边哭一边用瓮声瓮气的声音说:"我想回家,放我回去吧……"声音好像很远很远,又好像就在跟前。老六醒了,侧耳细听,什么声音也没有。老六倒下再睡,不知睡着了还是没睡着,声音又响了起来。老六打开灯,仔细再听,一只猫头鹰发出一声长啸,大概是捉到了什么猎物,然后整个世界就陷入了沉寂。老六一时恍惚,不知道刚才听到的声音是在现实中还是在梦中。于是,老六又睡了过去,不一会儿那个声音又响了起来。男人的哭声虽然不像女人那样哀怨凄厉,却更显悲伤和苍凉。老六从梦中醒来,打开灯,又什么声音都没了。如此再三,第二天老六从床上爬起来,两眼通红。

一连数日全如此。这天夜里下雨了,电闪雷鸣,大雨滂沱。老六刚睡着,男人又哭起来了:"我想回家,放我回去吧……"老六一下子从床上坐了起来,他想起了那只陶俑,难道是他老人家发出来的声音? 老六开了灯,从床上爬起来,拿起那只陶俑来看。这一看,把老六惊出一身冷汗来,包陶俑的破布湿了一大片。老六仔细查看,窗户关得好好的,房子没有漏雨,难道说真是陶俑把布哭湿的? 这时候窗外又是一声响雷,闪电照亮了半个天空。老六心里一颤,他急忙穿上雨衣,抱起陶俑骑摩托冲进茫茫雨夜。古墓离村子不远,来到墓地,老六钻进墓穴把陶俑放好,又拜了三拜,请求原谅,这才爬了上来。

虽然穿着雨衣,老六还是浑身淋了个精湿。回到家,老六刚刚躺下,听见矮橱上"吧嗒"响了一声,隔了一会儿"吧嗒"又响了一声。老六起来开灯一看,是房子在漏雨,雨点不急不慢,每隔几秒钟就会有一滴水从房顶落下

来,正好打在刚才放陶俑的地方。

　　老六呆呆地看了一会儿,想不明白刚才包陶俑的布是陶俑哭湿的还是被雨水打湿的。这时候雨不下了,雷也不打了。老六重新躺下,这一夜他睡得特别安稳。

憨 哥

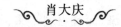

肖大庆

憨哥不姓憨,名字里也没个"憨"字。

憨哥姓韩。憨哥在没有成为憨哥前叫韩哥。因为交通工具的事——确切地说,因为他几十年来一根筋地骑一辆"老坦克"(载重自行车)一成不变,韩哥就变成了憨哥。

这辆自行车是憨哥参加工作不久购买的。这是一辆载重"永久"。那个年代,这可是个响当当的牌子。骑着"永久"的憨哥像骑了一匹高头大马一样神气,着实让他风光了一阵子。憨哥的同事兼好友张山,当时也骑自行车,但他的是杂牌子。为此,引得张山一个劲地眼红。和憨哥的名牌单车一比,张山觉得自己很掉价。

后来,张山鸟枪换炮——摩托取代了单车。张山的摩托是"嘉陵"牌的。他在广州提的货。那时我们这个小县城里没这个牌子卖。他去了广州。去广州时,从家里带去一塑料壶的汽油。怕车站检票时发现是违禁物品,张山就用床单包了一层又一层,蒙混过关上了车。到了广州,从摩托车专卖店提出货,灌满汽油,突突突一路北上,二百九十公里的路程,用了半天时间就到了家。

骑着摩托的张山,不再羡慕憨哥的"永久"了。相反,张山成了一道吸引路人眼球的风景。在当时来说,这样一个小县城,骑摩托的屈指可数,谁家

181

买了一辆摩托，与现在谁家购置了一辆宝马引起的轰动差不多。相貌平平的张山，因为有了自己的"私家摩托"，曾引得无数美女回眸一笑。人家其实是冲着摩托车来的，但张山自作多情，以为人家是主动向他抛媚眼呢。

可憨哥不稀罕张山的摩托。他不为所动。他心静似水。他天天骑着他的"永久"，来往奔走于他该去和想去的地方。憨哥很爱惜他的自行车。每次下班回到家，他都会从井里打一桶清水上来，先是自己洗一把脸，然后用湿抹布给"永久"擦一个澡。所以他的单车骑了这么多年，看起来还很新。也难怪，名牌嘛，不但做工精细，而且材料上乘，钢是钢，漆是漆，钢不生锈，黑漆放光。

再说心旌荡漾的张山。张山见有美女一路青睐自己，便得意忘形起来。先是加大油门，摩托发出的突突声响彻满街；还不过瘾，竟飙起了车，摩托车像一颗飞出去的子弹一样快，所到之处，留下一串战斗机的鸣响，车过，地上带起一阵旋风。被狂热冲昏了头的张山，一不小心，手没把稳车头，几个摇摆，车和人一起翻到阴沟里了。横卧于地的摩托，车灯碰碎，轮子还在一个劲地转；张山人呢，腿摔断了。

这下憨哥没闲没歇了，看在过去好同事亲兄弟的情分上，每天下班后，他都要骑着他的"永久"单车，先往医院赶，对张山问寒问暖一番，又是送水又是倒尿，等一切收拾停当再回家。憨哥走后，张山的老婆就责怪起张山来："你看人家韩哥，工资不比你少，可人家不会像你一样显摆。骑单车有什么不好，安全着哩。"右腿打了石膏的张山，僵尸一样躺在床上动弹不得，他扭曲着脸，白老婆一眼："妇道人家懂个屁，谁像他这么落伍，憨包一个。"老婆看他这样顽固，就住了嘴。少吃咸鱼少口渴。

经过半年的治疗，断腿总算对接愈合。痊愈后的张山，走起路来有点失步，但不是太明显，不仔细点瞧不出来。摩托是不敢骑了。老婆叫他骑原来的自行车，他不肯，不好意思骑，便每天以步当车。每当看到路上有摩托车过来，张山就心有余悸，躲得远远的。有几次，上班的路上，憨哥骑着自行车赶上了张山，要载他一程，被他谢绝。憨哥便不勉强。憨哥懂得他的心思，怕掉价。

张山又一次赶起了时髦。私家车刚兴起，他就开回来一辆。张山什么时候都是个勇立潮头的人。开着小轿车上下班的张山更有派头了，日头晒不到，下雨淋不着，上班坐办公室，下班坐驾驶室。不出一年，张山就像吃了发酵粉，人变得又白又胖，肚子也隆起得像座小山丘。大腹便便的张山跟憨哥大谈开小轿车的美妙感受，极力怂恿憨哥也去买一辆。憨哥不干。憨哥说他享不惯这样的福，宁愿骑单车实在。张山揶揄道："韩哥这么节俭，你的钱都用到哪里去了，难不成塞野全了？""塞野全"是我们当地的方言，意为暗地包二奶。憨哥也不辩解，只嘿嘿地憨笑几声。

单位每年都组织职工体检。体检结果出来，憨哥各项指标都正常，张山却成了"三高"人士：高血压、高血脂、高血糖。医生说他运动量太少，要加强户外锻炼。张山就花四千元买回来一辆山地自行车，作为锻炼身体的工具，准备双休日骑车外出搞户外运动。

星期六到了，张山打电话约憨哥骑自行车外出锻炼身体，憨哥不去。憨哥说，锻炼身体还犯得着专门去骑自行车吗？我每天上下班骑自行车的运动量已足够了。没办法，张山只好形单影只地上路。对憨哥的不给面子，张山憋了一肚子的气。一路上，他的脑子里浮现出憨哥身着中山装、脚踏"老坦克"的落伍形象。他忍不住骂了一句："这个憨包，守财奴一个！"

骑车使了一天劲的张山，回到家，瘫倒在沙发上。他扭开电视，正好是当地台播报新闻的时段。突然，一条新闻把张山的眼都看直了——

我市市民韩歌先生，二十年如一日，把省吃俭用积攒下来的钱用于资助贫困学生，捐赠数额累计达到三十万元……

此韩歌即彼憨哥。

洗　澡

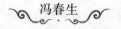

冯春生

　　这天陪客人洗澡。客人是一位大官，我们就叫他张局吧。张局的穿着高贵气派，一副趾高气扬的样子，看上去气度不凡，有一副好大的架子。一进浴场，我们就脱了个精光，刚才张局那高大的形象随着一身豪华衣服的脱去也消失了，裸着身子和我一样，再也分不出谁高谁低了。要是看身体，我还比他胖，我更像当官的或是老板。只是人们从不以人的胖瘦论身价，而是要看你的行头和打扮的。

　　我们一同入浴，我们一同搓操。

　　张局先上了搓澡床，展展地躺在上面。搓澡工和他简单地交流了两句，便拿起一个小塑料盆，在一个塑料桶里舀了一盆水，"哗——"浇在了张局的身子上。紧接着搓澡工用澡巾噌噌搓了起来。看他熟练的动作，就知道他是一个老搓澡工了。他不停地搓着澡，还不停地和张局交谈着。

　　我也如此地躺在了搓澡床上，我的搓澡工不说话，只是熟练地做着一系列该做的动作。我不喜欢这样的人，我喜欢交谈。

　　我也插话和张局的搓澡工交谈："喂，师傅，你是哪里人？过去是搞啥工作的？"

　　他回过头面无表情地说："我是东北人，过去是杀猪的。"

　　"啊？"吓了我一跳。我的搓澡工在我的肚皮上噌噌地用劲搓了两下。

张局也吓了一跳,他痛苦地闭上了眼睛。看着他躺在搓澡床上白胖胖的身子,我想起我们儿时在农村杀猪时的场景。一头死猪躺在案板上,屠宰工左一瓢右一瓢地将开水浇上去,然后用烀毛刮子不停地挨着刮,烀光了猪毛,白条条的裸猪就出来了,屠宰工又左一瓢右一瓢再浇上水,左一遍右一遍地再用刀子刮,屠宰工们称为扫毛——就是用刀扫净最后残留的很稀少的猪毛……张局的搓澡工说:"来,翻一下身,我给你再扫一遍。"

"再扫一遍。"我听了,又想起烀猪毛时用刀子刮毛了……忽然,我觉得我的身子上好疼。再听,张局也吼叫了起来:"不搓了不搓了。"他起身下床,我也坐了起来。两个搓澡工怎么看也像是杀猪的。

我们草草地冲洗了之后,我说:"我们到上面做按摩吧。"张局点点头。

来到了休息室,就有两个按摩女过来了,看她们的年龄挺大的。

我和张局一人一个按摩女,她们挺麻利地做着活儿。我的按摩女给我做着按摩,按在哪个穴位她还要讲一下穴位名,就听她说:"涌泉穴,要常按。足三里,要常按。这是足五里——要常按。"她一边说着,手指一边从我的大腿根上按上来了,做得轻巧有力。我连声"嗯嗯"。

看着她这么专心,我就问她:"你过去是搞什么工作的?"

她说:"我是弹琴的,生活不下去了,才做这个。"

"啊哟,怪不得你那手指头还挺灵巧的。"

张局的按摩女也一边给张局按摩一边说着话,她也是按摩到哪个部位就说哪个部位,听她说:"你看——你的肘关节不好,发硬。你看——你的颈椎也不好,发硬。你看——你的腰椎也不好,发硬。你看——你的这也不好,发硬。"我不知道她按摩到什么地方了,只是说不好,还发硬。我心里说:"我们男人也有发硬就是健康的地方。"张局悄无声息地躺着,任由她说着做着——他可能对这个按摩女如此精通和了解人体的各部位很是敬佩和欣赏。

忽然,张局的按摩女说:"你看上去很胖很有派头,实际上是架子大,肉少,所以全身发硬。"

我听了好笑,就问我的按摩女:"她过去是搞啥的?"

"卖肉的。"

张局也听到了,他"啊"了一声爬起来,说:"是卖肉的,我说她怎对人体的每个部位都这么熟悉。今天怎么回事,洗澡遇了个杀猪的,现在按摩又遇了个卖肉的。"

我的按摩女哈哈笑了起来,说:"下面那个搓澡的和她是夫妻,他们过去在东北杀猪卖肉,过不下去了,才到这来。你们今天来,遇上的都是行家里手,他们的功夫棒着呢,你们好好地享用吧。"

张局对我说:"在他们的眼里,我们就是一堆能赚钱的肉啊。"

是呀,你架子再大,对他们也没用。

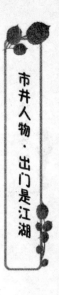

要 书

张殿权

马奔是一位年轻的散文作家。这十来年,他在全国各地报刊上发表了不少作品,有的还得到了圈内和读者的好评,但一直都没结集出版。他也很想出本书,但他不愿意自费出,他经济条件有限,且只是一个普通小职员,自费出书实在不划算。干不划算的事,不是对自己写作的一种侮辱吗?

孰料,这年年初,一家出版社的编辑主动联系上了他,希望出版他的作品集,条件是:出版费用全由他们负责,稿酬以二百本书代替。虽然这个条件并不"完美",但在"出书难"的大背景下,就显得很不错了。马奔答应了。几个月后书出来了,本地几家媒体也都给予了报道,马奔特意请他们加上了一句在"本市某某书店有售"之语,因为除了给新闻界和文学界的一些老师、领导、朋友送了部分书,其余的一百多本书,他都放到了某某书店销售。自己多年的辛苦,多少能换回点儿回报。

报纸报道的当天一早,马奔就接到了老同学张璇的电话:"老同学,祝贺你出书了啊!"

马奔说:"谢谢!"

"我想求一本书,学习学习。"

"可以呀,回头我给你送去。"

"那可就太谢谢啦!"

很快,得知马奔出书的同学、朋友还有一些只有一面之缘的人,纷纷给他打电话要书。起初,马奔心里很高兴,看来宣传起到了不错的效果!可是,当接完第十一个电话,他心里却突然生出一种反感:媒体上都说了这本书不是自费出版,是出版社策划出版、某某书店有售,你们既然想看这本书,为什么就不愿意花二十块钱去买一本?我辛辛苦苦写了、出版了这本书,还白白送给你们看,凭什么?

一气之下,除了关系特别近的同学、朋友,对其他人他都说:"不好意思,我手头没书,某某书店有。"

过了一个星期,他去书店问了问,只卖出了两本。而这几天,给他打电话要书被婉拒的,至少有三十个!他心里骂了一句:"这些吝啬鬼,连二十块钱都不舍得掏,我不送就对了!"

这天,马奔参加了市里的一个文化活动。午宴上,他和市文化局周局长被安排在了一桌,周局长就提起了马奔新出的书:"小马,你厉害呀!年轻轻的,就出书了!不知道我能不能求一本呀?"

马奔在心里轻骂了一句:"你堂堂一个文化局长,没钱买吗?居然好意思开口向我要免费的!"但他又不好说难听的话,笑说:"荣幸荣幸!回头我给你送去。"

周局长笑着和马奔干了一杯酒,说:"谢谢啦!恭喜啊!"

可是,过了半个月,马奔也没有去给周局长送书。

这天早晨,马奔接到了市文联办公室肖主任的电话。马奔和肖主任年龄差不多,私交非常铁,两人说话从来都直来直去,不藏着掖着。

肖主任说:"刚才市文化局办公室牛主任给我打电话,说你上次答应给周局长的书,怎么还没给?牛主任和你不熟,就给我打了电话,他知道我和你关系不错。他还说,其他三个副局长也都很想向你要一本书,你看能不能给他们送去四本。如果能再送给他一本,一共送五本,那就更好了。"

马奔听了,不禁怒火中烧:"他们真不要脸!我辛辛苦苦写了一本书,他们不愿意掏钱买,难道就不能用公费买吗?我不送书给他们!"

肖主任叫他别激动，说："虽然他们文化局从来没有支持过我们搞写作的，但是我想，咱们也没必要得罪他们。得罪他们不但没好处，说不定在预料不到的时候还会有坏处。"

马奔说："反正我不送，你就说我手里没书。"

又过了两个月，市里又举办了一个文化活动，马奔和市文化局周局长以及几个副局长都参加了。周局长主动向马奔走过来，马奔想躲，周局长这时喊了他的名字。他心想：坏了，肯定还是向我要书的呀！

没想到，周局长走到他跟前却笑着说："小马，谢谢你送给我的书，书写得不错呀。"

马奔一愣："什么？我、我……"

周局长说："我说，谢谢你送给我的书，书写得不错！"

马奔心里糊涂成了糨糊，不知怎么接话，嘴里莫名其妙地"噢、噢"应付。

周局长走开后，市文化局其他三个副局长见了他，也都说谢谢他送给他们书，说"书写得不错"。

马奔更糊涂了。马奔突然想到了市文联的肖主任。肖主任正在现场拍照片，等他拍完了，马奔把他叫到了一旁，问他知不知道是怎么回事。

肖主任就说了实情："他们这些人虽然不真正关心文化，但是，他们在那个位置上，我们又不能得罪。于是我就买了几本书，给他们一个人送了一本。因为我熟悉你的字体，就以你的名义给他们签了名。你不怪我多事吧？"

马奔一时心里五味杂陈，说："这怎么行？这五本书的钱，我得还给你！"

肖主任说："还什么？咱们什么关系！"

吃饭的时候，很巧，马奔和周局长又分在了一个桌。周局长又对马奔说他的书写得不错。

马奔谦虚地说："写得不好。"

周局长说："谦虚什么呀！"

马奔就问："周局长，你觉得这本书里哪篇作品最好？"

　　周局长不好意思地笑了,说:"哟,最近太忙,我还没顾得上看呢! 反正都不错!"

　　马奔的心迅速地凉了下来:你不看我的书,你干吗还要?! 真是无耻呀!

"老怪"外传

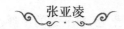

张亚凌

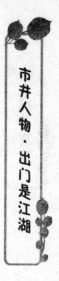

　　"老怪"，是我们赠他的雅号，他呀，一身邪怪味。某些人，远远瞅他一眼，也会浑身极不自在以致起鸡皮疙瘩。

　　瞧，巨大的长条形会议桌最威严的那头，"头儿"正在大讲特讲植树节的重大意义及"今人栽树后人乘凉"的深远影响。

　　"年年栽树年年死，年年栽树老地方。""老怪"的一句嘟哝，努力维持的庄严气氛就被划破了。

　　"头儿"，自然是见"老怪"就皱眉头的"某些人"中的一个。

　　"老怪"才不理会"人微言轻闭嘴为佳"的普遍规律，他常说："大狗随便叫，小狗叫随便，不想听不爱听是人家的权利，想说爱说是咱老百姓的自由。"

　　外单位的人来我单位办事，找头儿，刚好问到"老怪"。

　　"你还是歇着吧，我们'头儿'忙呀，忙得鬼连他的影子也逮不住——不是学习 136 号文件就是深入基层围着桌子裙子研究饮食文化和生物本能。"

　　麻将 136 块，"老怪"就有了"136 号文件"。

　　他还有一套"边沿理论"：边沿领导领导边沿。说我们"头儿"是"讲话离谱得无边无沿，管理差劲得无边无沿，带领下的我们涣散得无边无沿，低效得无边无沿"。

看着"老怪",我突然明白了什么是"话丑理端","老怪"呀"老怪"。

十多年前,"老怪"一个人一月几百块供俩大学生,日子过得还真是"捉襟"就"见肘"。他曾自撰了一副对联:

上联:拆东墙补西墙,窟窿越挖越大;

下联:借新钱还旧债,把戏越耍越圆。

横批:账多不愁。

现在还记得那年他给我们开的玩笑:"一天吃得六样菜,土豆洋芋马铃薯,萝卜来福露头青"。就是土豆、萝卜过的年呀,听得人鼻子发酸!

"老怪"怕老婆是出了名的,他呀,还有一套行之有效的"老婆理论"。

"天上下雨地上流,两口打架不记仇",这是"老怪"用毛笔写的隶书,就贴在门后面。

常常在老婆如河东狮吼般地破口大骂或一挝二拧三抓脸后,遍体鳞伤的他就站在门后大声读"天上下雨地上流,两口打架不记仇",以此给自己宽心。

他是从不给老婆开口解释的,他知道在女人生气时男人的语言是苍白无力的;他也从不还手,他觉得打自己的老婆是男人的耻辱和无能。

一次,"老怪"在前面跑,他那凶悍而肥胖的老婆提着扫帚紧追在后。

"两口子锻炼呀。谁是陪跑?"有人戏谑道。

"老怪"脸上虽然挂着笑,却已是上气不接下气了:"老婆敲打是自然的,保护……保护自己是……是必然的。"

"老怪"的老婆,实在不敢恭维:没工作就跟着他住单位的公房,身板如相扑运动员,高喉咙大嗓门性情还很暴躁。很有才气还是科班出身的"老怪"怎么倒霉地摊上这么一个主儿? 他倒好,一副知足常乐样,还为老婆辩解道:玫瑰有刺是玫瑰的事,如何避免被刺才是你该考虑的事。

"老怪"呀,不管干啥事一出手就成经典。去年暑假,去北京游玩,回来后将自己的北京行总结成打油诗:"上车裤带断/坐车过了站/照相罚了款/洗出是白板/天安门前光脚片"。

想知道为什么？嗨，算了。这样说吧，只有你想不到的事，没有"老怪"做不出的事。

——"老怪"、"老怪"，岂能不怪？

真的不想这么做

卜凡臣

俺真的不想这么做，可俺没办法。

十天前，俺刚买了辆新的电动车，就在楼下被小偷惦记上了。俺上楼拿东西前后不到三分钟，下来电动车就不见了踪影。电动车的后备箱里还有一个能给俺脸上增添色彩的公文包，虽然里面没有多少钱，可那是俺在夜市的地摊上花了十五块钱买的。

俺知道这小偷也挺不容易的，整天风里来雨里去，鬼鬼祟祟，偷了今天没明天，所以俺也没打算报案，就在楼道口张贴了一份寻物启事，寄希望于小偷良心能有所发现，再给俺送回来。俺写得挺深刻挺感人，也挺悲壮。俺知道那小偷还会回来，如果俺不报案，不惊动警察，他会认为这片是安全的，就可以放心大胆地再下手，只要回来准能看见这张启事。俺就是想让小偷知道俺买辆车其实也挺不容易的，辛辛苦苦干了几个月才挣了辆车钱。寻物启事孤苦伶仃地待在墙上三天了，俺的电动车却迟迟不现其靓影。第四天，俺可真急了，这小偷也太不仗义了，世上那么多有钱人他不去惦记，为何偏偏选中俺这穷酸下手，看来俺的希望无疑是缘木求鱼。不行，说什么也不能这样被动地傻等。于是俺义无反顾地走进了派出所报案。

李所长亲切地接待了俺。俺来的时候，他们一伙儿四五个人正在打牌。这几年，俺镇上的治安很好，几乎没人报案。镇上的民风也很好，不太愿意去麻烦派出所的同志。前些年，老耿家丢了一头猪，报了案，为了这事老耿至今心里都过意不去。虽然猪没找到，却麻烦了人家所里的同志三天两头地到家里来调查取证。虽然每天又管酒又管饭，但老耿不心疼已经花了近三头猪的钱，非常感激所里同志专事专办的认真作风。为了不麻烦所里的同志，老耿主动去销了案，对那头猪的下落从此不再过问。不过，俺必须要报，一辆电动车可是值好几头猪的价钱。

要说所里的办事效率就是快，没出三天，电动车就完好无损地出现在了俺家楼下。当时，俺正在家里码字，就听"当当当"有人敲门，开门一看，却被吓了一跳，敲门的人鼻青脸肿，走路还一瘸一拐的。俺不认识他，就问："大哥，你找谁？"那人说："就找你。"俺说："俺又不认识你，找俺干吗？"那人涩涩地咧了一下嘴说："俺可算认识你了，碰上你算俺倒霉，俺身上的伤可都是拜你所赐。"俺纳闷，就问他："大哥，你好像认错人了吧？别看俺长得壮实，可俺从来不打人。"那人说："我可是宁愿被你打一顿，坦白跟你说吧，你的车是我推走的，现在我给你送回来了。"俺激动地说："那就太谢谢你了。"那人说："你也别客气，俺今天来，有点事还得麻烦你。"说着，从兜里掏出一千块钱，递到俺手上。俺说："你这是什么意思？俺谢谢你还来不及呢，怎么能要你的钱。"那人说："你必须收下，俺求求你去销案吧，俺实在是受不了啦。"说完，竟然哭了起来。俺明白了这事保准与俺报案有关。

那天听说俺来报案，李所长眼睛放了光，立即呈现出一派不破案誓不罢休的劲头。李所长问俺报什么案。俺说丢了辆车。"汽车？""嗯！"这下李所长把眼睛差点瞪出来，说话都哆嗦了："这个案件在镇上可是史无前例的，属于大案。车里有什么？""一个包。""包里有什么？""有钱。""多少？"俺伸出一只手。"五万？""嗯！"这一下更不得了，另外几个人张大了嘴巴合不上去。"这是个要案。车号呢？""没挂牌。"李所长从惊愕中醒来，说："这可是一个棘手的大案要案，事不迟疑，马上行动，要尽量在最短的时间内破案。"李所长立即部署下去，通知各区各片，全力打探小偷的身份线索。俺知道俺是在说谎，可从严格意义上讲，俺可是什么话都没说，俺真的不想这么做，可俺没

办法,俺实在是拿不出三头猪的钱。

小偷哭完,抹了一把眼泪,对俺说:"你报案不要紧,实事求是地说不行吗?你的包里可真就五十块钱,偏说又是汽车又是五万的,所里的人立即找到了俺这一行业的老大,老大逼问俺是不是有这么回事,俺说没有,老大不相信,怀疑俺有独吞的嫌疑,要按行规处治俺,还说要废了俺,俺实在受不了,就来找你对俺澄清一下。"俺说:"俺也不想这么做,让你受了这罪,真是不好意思。"说着,俺又把一千块钱塞到他手里,说:"俺知道你们干这行也挺不容易的,这钱你拿走,就当是医药费吧,你放心,俺这就去所里销案,车子既然送回来了,俺就不再计较了。"小偷非常感激地给俺鞠了仨躬。小偷一瘸一拐地下楼时,很敬佩地对俺说:"大哥,你们文化人真是太厉害了,下一次打死俺也不敢再惦记你们这些人的东西了。"

送走了小偷,俺就想,这属于三十六计里的反间计呢,还是借刀杀人计呢?但不管怎么样,车子已经安全地回来了,今晚趁着月黑风高,赶紧买两条烟、两瓶酒给李所长送过去,这一头猪的钱是省不得的,该花的就得花,要不然俺的麻烦就大了。